GERHAF

YAKO - D:

CW01430641

## Buch

Das Buch schildert das Leben in einem Dorf der Chatten (sprich Katten) im dritten Jahrhundert nach Christus. Der junge Bauernsohn Yako muss erwachsen werden und erlebt so manches Abenteuer. Der Erzähler hat die Lebensumstände in dem Walddorf Schwarzfeld zur damaligen Zeit wiedergegeben, erhebt jedoch keinen Anspruch auf absolute historische Korrektheit. Das möge der Wissenschaft vorbehalten bleiben.

Wie es den Familien im Dorf Schwarzfeld weiter ergeht, ist in dem Roman „Saltius - Germane in römischen Diensten" beschrieben. Der Schauplatz beider Romane ist die Region zwischen Rhön und Vogelsberg im heutigen Hessen, dem Siedlungsgebiet der Chatten zur Römerzeit. Die Ortsnamen aus diesem Gebiet wurden, leicht verändert, von bestehenden Orten übernommen.

Die Handlung ist erfunden, Ähnlichkeiten von Namen oder Personen sind rein zufällig und nicht beabsichtigt.

## Autor

Gerhard Pflanz, in Schlitz/Hessen geboren, schreibt aus Leidenschaft. Neben dem Schreiben zählt für den Dipl. Ing. und Vater von drei Kindern vor allem seine Familie. Der Autor lebt im hohen Norden im Landkreis Cuxhaven.
Web:    http://www.pflanz-web.de
Mail:    autor@pflanz-web.de

## Weitere Titel von Gerhard Pflanz

Saltius - Germane in römischen Diensten
Geschichten für Melissa
Kriegsende in Schlitz
Technisches Wörterbuch (deutsch/engl., engl./deutsch)

GERHARD PFLANZ

# YAKO - DER CHATTE

Eine Geschichte aus dem Leben eines Bauernsohnes im
dritten Jahrhundert nach Christus im Land der Chatten

Roman

Zeichnungen

von Horst Richter

Bibliografische Information der Deutschen Nationalbibliothek:
Die Deutsche Nationalbibliothek verzeichnet diese Publikation in der Deutschen Nationalbibliografie; detaillierte bibliografische Daten sind im Internet über http://dnb.dnb.de abrufbar.

Zeichnungen: Horst Richter

Herstellung und Verlag: BoD – Books on Demand, Norderstedt

1. Auflage 2021

ISBN: 978-3-7534-6443-5

# Inhaltsverzeichnis

## Abbildungsverzeichnis

III

## Personenverzeichnis

### Einwohner von Schwarzfeld

| | |
|---|---|
| Yako | 17-jähriger Bauernsohn |
| Rodulf | sein Vater |
| Brigga | die Mutter |
| Sanolf | sein Bruder |
| Balde | die Schwester |
| Helmfried | Bauer und Schmied |
| Garda | seine Gefährtin |
| Hordula | der Sohn - Yakos Freund |
| Tanka | die Tochter |
| Bolgur | ein Bauer |
| Helge | seine Gefährtin |
| Jodolf | sein Sohn - Yakos Freund |
| Ernal | sein Sohn |
| Hegard | sein Sohn |
| Wandur | Seher und Bauer - neu im Dorf |
| Nelda | seine Gefährtin |

### Aus Hirsfild, dem Nachbardorf

| | |
|---|---|
| Ermin | Bauer und Häuptling, |
| Gerold | Bauer und sein Vertrauter |
| Landolf | Seher in Hirsfild |
| Ulla | Bauerntochter |
| Ortwen | ihr Vater |

### Aus dem Markomannendorf

| | |
|---|---|
| Erkmar | der Häuptling |
| Irvik | sein Sohn |
| Runa | eine Heilerin |

## Aus dem Römerkastell

| | |
|---|---|
| Frontius | Centurio und Befehlshaber |
| Saltius | Decurio (Unteroffizier) |
| Belgard | Yakos Onkel und Pferdepfleger |
| Rosella | Verkäuferin aus Gallien |

## Bauernhof im Römergebiet

| | |
|---|---|
| Gernot | ein reicher Bauer in Stockhim |
| Rida | seine Gefährtin |
| Ulka | seine Tochter |
| Dankmar | Ulkas Bruder |
| Frowin | Ulkas Bruder |
| Hermert | ein Knecht |

## Herzog im Römergebiet

| | |
|---|---|
| Norgert | Sohn des Herzogs |
| Notger | Sohn des Herzogs |
| Hamar | Sohn des Herzogs |

# 01
# DER SEHER

Der Wald stellt sich dem Wanderer als geschlossene Wand entgegen. Dabei ist die Natur nicht feindlich gesinnt, es ist vielmehr wie ein Schutz, um ihre letzten Geheimnisse zu bewahren. Der Wanderer dringt in den Wald ein und ist sogleich umgeben von seinem Zauber und vielerlei Geräuschen. Alles zeigt sich geheimnisvoll und vergebens sucht der Wanderer einen Weg oder einen Pfad, der von Mensch oder Tier verursacht ist. Wo ein Wildwechsel beginnt, endet der schmale Pfad schnell im dichten Gebüsch, welches sich unter den lichten Stellen der mächtigen Buchen zeigt.

Der Weg für den Wanderer geht jetzt steil bergab an einen Fluss. Am Ufer des Flusses ist keine Furt erkennbar. „Da muss ich hinüber, ich muss weiter kommen auf meinem Weg", sind seine Gedanken. Mächtig strömt das Wasser dahin, es bleibt nur durchzuschwimmen. Mühsam erreicht er das andere Ufer, entledigt sich seiner Kleidung und legt sie zum Trocknen aus. Seinen kurzen Speer hatte er sich unter den Ledergurt gesteckt, was ihn sehr behinderte, aber verzichten auf seinen Handstock, nein nie. Außerdem war das seine unverzichtbare Waffe.

Den Lederbeutel mit persönlichen Dingen und einem spärlichen Mundvorrat hatte er über dem Kopf gehalten. Der Weg steigt jetzt wieder an und noch stehen dem Wanderer zwei mühsame Tage bevor. Als die Dämmerung naht, sucht er sich einen Platz unter einem dichten Busch für ein Nachtlager.

Er holte aus seinem Fellbeutel einige Knochen heraus, die er dem Mond entgegenstreckt. „Sei mir gnädig großer Wotan und beschütze meinen Weg", ruft er dem Nachtgestirn entgegen. Seine Nachtruhe war begleitet von den Geräuschen des Waldes, die vertraut oder bedrohlich klangen. Unser Wanderer fühlte sich geborgen in der Hand des Allvaters Wotan und erwartete ruhig den frühen Morgen.

## 0 2
## SCHWARZFELD

Nach zwei weiteren anstrengenden Wandertagen tat sich ein lichtes Tal auf, in dem drei Bauerngehöfte sichtbar wurden. Wandur der Seher näherte sich seinem Ziel. Eine wütende Hundemeute kam ihm wild kläffend entgegen. Mit seinem kurzen Speer wehrte er die Tiere ab. Aus dem ersten Gehöft kam ein Mann, der ihn misstrauisch ansah. „Ich bin Rodulf, das ist mein Haus. Wer bist du und was willst du in unserem Dorf?", fragte Rodulf der Bauer.

„Ich bin Wandur der Seher und möchte eurem Dorf den Segen Wotans bringen. Dein Bruder Belgard schickt mich, ich habe ihn in einem Römerkastell getroffen." Rodulfs Bruder hatte vor vielen Jahren das Dorf Schwarzfeld verlassen und sich im Dorf eines Chattenhäuptlings niedergelassen, wie er in das Kastell gekommen war, wusste Rodulf nicht. „Sei willkommen und tritt ein."

Sie ließen sich am Feuer nieder und die Hausfrau brachte für den Gast und den Hausherren eine Stärkung bestehend aus getrocknetem Hammelfleisch, Fladenbrot und einem kühlen Trank aus dem Hofbrunnen.

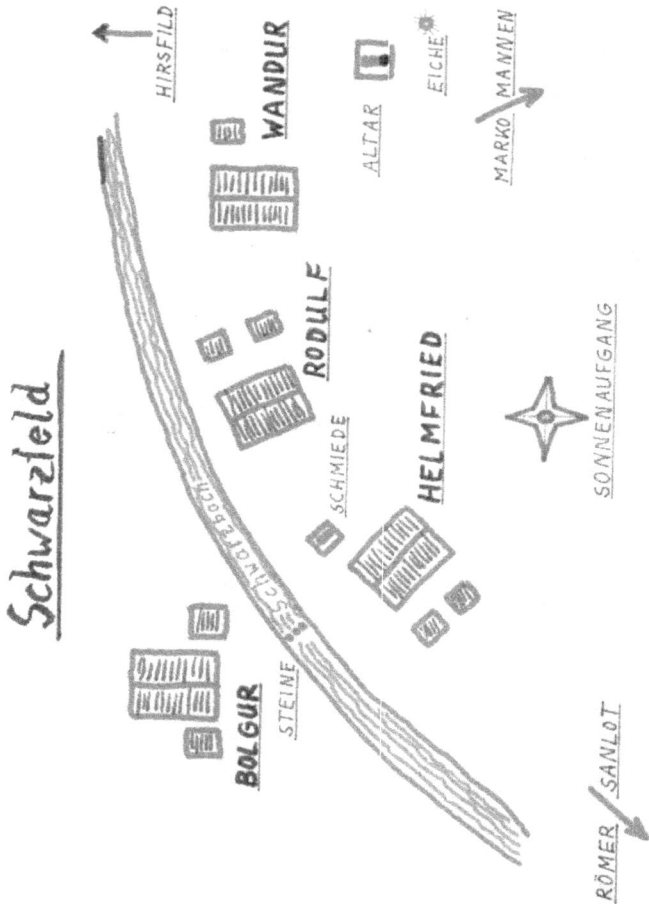

Lageplan Schwarzfeld

„Das ist mein Weib Brigga, meine Söhne Yako und Sanolf, meine Tochter Balda." Der Seher segnete das Haus mit den Menschen und den Tieren. Voller Scheu betrachtete Yako den fremden Gast, während dieser sich mit seinem Vater unterhielt. Er mochte etwa 30 Winter zählen und hatte eine kräftige Gestalt. Das geheimnisvolle an ihm war seine offensichtliche Nähe zu den Göttern, das glaubte der 17-Jährige den Segenssprüchen, die der Seher über seine häusliche Umgebung ausgesprochen hatte, zu entnehmen. Rodulf wies dem Seher einen Schlafplatz im hinteren Teil des Gehöftes bei den Schlafplätzen der Familie zu.

Am folgenden sonnigen Frühlingsmorgen zeigte die Natur ihre lichte, freundliche Seite. Vögel zwitscherten, flogen über Büsche und Wiesen und die Menschen erwachten zu neuem Tatendrang nach dem Ende der kalten und dunklen Jahreszeit. Rodulf schickte Yako mit dem Seher zu den Nachbarfamilien, damit dieser sich dort bekannt machen konnte. Auf dem Hof des Nachbars Helmfried traf Yako seinen Freund Hordula. Während Helmfried und der Seher sich unterhielten, machte Yako mit Hordula Pläne für den Tag. „Heute muss ich drei unserer Schweine in den Wald treiben, um sie mit Eicheln und Bucheckern zu mästen", sagte Yako. „Da gehe ich mit, wir können neue Speere machen und überlegen, wo wir uns eine Baumburg bauen, die unser Geheimnis ist", sagte Hordula. Ihre alte Baumburg hatten die drei wilden Jungs aus dem dritten Bauernhof zerstört. Mit denen wollten sie nichts zu tun haben, sie würden sich noch für diese Gemeinheit rächen. Schließlich hatten sie viele Tage an ihrer alten Baumburg gearbeitet. „Komm zu mir, wenn du meinen Pfiff hörst", sagte Yako.

Helmfried stellte dem Seher seine Frau Garda und seine jüngere Schwester Nelda vor, die ohne Gefährten noch bei ihm auf dem Bauernhof lebte. Er war der einzige Bauer, der im Dorf Schmiedearbeit durchführen konnte. Er zeigte dem Seher sein Schmiedefeuer mit Amboss und verschiedenen Werkzeugen. Das war für das Dorf sehr wichtig, ein Schmied wurde immer gebraucht. Helmfried hatte als einziger im Dorf einen kleinen Vorrat an Metallen, welche bei den Römern eingetauscht worden waren gegen Schlachtvieh und Felle.

Die Grenze zum von den Römern besetzten Gebiet verlief in einer Entfernung von etwa zwei Tagesmärschen durch den dichten Buchenwald. Dort war ein Kastell mit einer Besatzung unter dem Befehl eines Centurios.

Anschließend gingen sie noch zum dritten Bauernhof, dazu überquerten sie den Schwarzbach auf Trittsteinen. Auf dem Hof des Bauers Bolgur hielt Yako jedoch Abstand, er mochte die dortigen Jungs nicht, was aber auf Gegenseitigkeit beruhte. Sie beendeten ihren Rundgang und Yako kehrte mit dem Seher zum väterlichen Hof zurück, wo die Tagesarbeit auf ihn wartete.

Er pfiff seinem Freund und sie machten sich mit drei Schweinen sowie vier Schafen aus dem Besitz des Vaters auf den Weg in den Wald. Die Schafe wurden am Waldrand angebunden und weideten dort Gras und die Blätter des Buschwerks ab. Für die Schweine war ein Pferch aus kräftigen Kiefernstämmen vorbereitet, in den die Tiere hineingetrieben wurden. Unter den Eichen und Buchen, die in frischem Grün prangten, hatten sie bestimmt den Tag über zu fressen und zu wühlen. Das war die Zeit für die eigenen Pläne der beiden Burschen.

Doch so wie gedacht funktionierte es diesmal nicht, denn kaum hatten sie sich einen Platz für ihre Baumburg im dichten Unterholz ausgesucht, als sie vom Schweinepferch angerufen wurden. Es war Wandur der Seher, der sie rief: „Ich brauche eure Hilfe. Zu Ehren von

Allvater Wotan und Donnergott Thor ebenso wie zum Schutz von uns allen, der bevorstehenden Aussaat und unseren Häusern werde ich hier einen Altar errichten, dazu brauche ich eure Hilfe."

Natürlich waren die Jungen sofort bereit bei einer solch wichtigen Angelegenheit zu helfen. Als erstes wurden Steine gesammelt und zu einem kleinen Kreis am Waldrand unter einer mächtigen Eiche aufgeschichtet. Die nächste Arbeit war schwieriger und anstrengender, denn nun musste der Kreis mit Erde aufgefüllt werden. Dazu hatte Wandur zwei grobe Holzschaufeln und zwei Hacken als Werkzeug mitgebracht. Dann wurde die Oberfläche mit dünnen Eichenstämmen ausgelegt, die mit der Axt auf Länge geschlagen waren.

Dank des Fleißes der beiden Jungen und Wandurs tatkräftiger Hilfe war die Arbeit geschafft als die Sonne am höchsten Stand. Nun folgt die Krönung der Arbeit: Wandur hatte zwei Steine aus einem nahen Steinbruch ausgesucht, die als Opfersteine in der Mitte des Altars angeordnet wurden.

Zeit für das einfache, aber kräftige Mahl, welches Yakos Mutter dem Seher mitgegeben hatte.

Die Jungen kümmerten sich um ihre Haustiere und beobachteten dabei staunend den Seher, der am neu erbauten Altar Zwiesprache mit den Göttern hielt. Sie wussten, dass das Wohlwollen der Götter für ihr Dorf, die bevorstehende Aussaat und Ernte unverzichtbar war, gleichgültig ob dem allmächtigen Wotan, dem grimmigen Thor oder dem segensreichen Gott des Frühlings Baldur geopfert wurde. Die Ehrfurcht der beiden Jungen vor dem Seher wuchs noch als er ihnen die Bedeutung der Zeichen auf den Knochen erklärte, welche er bei seinen Handlungen benutzte.

17

„Das sind Zeichen aus der Sprache unseres Volkes, wir nennen sie Runen und die Zeichen sind die Namen der Götter, welche wir anrufen. Hier auf dem Knochen eines Hirsches steht der Name des Donnergottes Thor und wir bitten ihn uns und unsere Ernte vor Unwetter und Feinden zu verschonen. Und auf der Geweihstange steht Wotans Name, er ist unser Beschützer und der Herrscher im Reich der Götter." Wandur bemühte sich um eifrige Zwiesprache am Altar, wenn er allein dort war. Er war sich nie sicher, ob seine Segenswünsche für das Dorf auch bei den Göttern ankamen und ob seine Mühen ausreichend waren.

Die nächsten Tage nutzte Wandur, um mit Yako einen Ausflug zum Dorf Sanlot zu machen. Das Dorf lag einen knappen Tagesmarsch von Yakos Haus entfernt und war etwas größer als Schwarzfeld. Der Seher nutzte seinen Aufenthalt dort, um den Bewohnern ebenfalls den Segen der Götter nahe zu bringen. Dazu wurde am ersten Tag mit Hilfe der Einwohner ein Altar ähnlich wie in Schwarzfeld gebaut.

Am zweiten Tag wurde der Fischreichtum in dem Fluss, der an dem Dorf vorbeifloss, begutachtet. Die Bewohner ließen die beiden nicht ziehen ohne eine tüchtige Menge Fisch, die sie ihnen in einem Weidenkorb mitgaben. Am Abend des dritten Tages erreichten die beiden Wanderer wieder das heimatliche Dorf und hatten außer den Fischen auch noch zwei Zicklein von den Bewohnern erhalten, als Dank für die Segnung, die der Seher dem Dorf und den Bewohnern zugedacht hatte.

# 03
## WANDUR BAUT EIN HAUS

Wandur gedachte diese willkommenen Gaben für die Begründung eines eigenen Hausstandes zu nutzen. Die Hälfte der Fische schenkte er Yakos Familie, für den Rest tauschte er von Helmfried eine eiserne Axt und zwei Messer ein. Die Bewohner von Schwarzfeld waren auch nicht kleinlich und hatten ihm zwei Schafe für die Errichtung des Altars und den Segen zugedacht. Er wollte nicht ewig die Gastfreundschaft von Rodulf nutzen. Dazu musste er ein Haus bauen, welches erst einmal einen bescheidenen Umfang haben würde.

Für den Hausbau hatte er ausreichend Hilfe, das ganze Dorf war nur zu gerne bereit, dem Seher zu helfen und ihn damit dauerhaft im Dorf zu behalten. Dennoch dauerte die Arbeit einige Wochen, denn Bäume fällen, Weidenrouten schneiden für die Ausfüllung der Gefache, Fundamentsteine legen, auf denen die Eckpfosten des Hauses errichtet werden konnten, das war keine kleine Arbeit. Aber endlich war es geschafft und die Dachbalken konnten aufgezogen werden. Das waren runde Eichenstämme, die besonders haltbar waren. Nachdem auch Sparren gesetzt waren, wurde das Dach mit Schilf gedeckt. Schilf wuchs in ausreichenden Mengen am nahen Schwarzbach.

Jetzt konnte Wandur an den Innenausbau gehen. Zunächst legte er im hinteren Bereich des Hauses aus Sandsteinen eine Feuerstelle an.

Langhaus mit Feuerstelle

Den vorderen Bereich teilte er auf für Ställe der Schafe und Ziegen, Rinder und Schweine. Im hinteren Bereich sollten die Wohn- und Schlafstellen der Bewohner liegen. Die Stallungen für Rinder und Schweine waren zwar noch leer, aber Wandur war guter Hoffnung, dass sich das bald ändern würde. Nun konnte es an den Einzug gehen. Alle Dorfbewohner kamen und jeder brachte eine kleine Gabe mit. Besonders freute sich Wanduhr über die drei Hühner und einen Hahn, welche Yako ihm im Namen seines Vaters übergab. Von den anderen Höfen erhielt er als wertvolles Geschenk Saatgut für die anstehende Aussaat. Eine besonders gute Nachricht kam von Helmfrieds Haus, denn dessen jüngere Schwester Nelda war bereit in seinen Hausstand einzutreten als seine Magd und Gefährtin, um die tägliche Arbeit mit ihm gemeinsam zu meistern. Sie schenkte ihm eine Streitaxt, welche sie von ihrem Bruder erhalten hatte. Sie fühlte sich schon lange nicht mehr wohl im Haus des Bruders und lebte in ständiger Spannung mit dessen Frau. Für die Axt wollte sie auf Helmfrieds Feld arbeiten, aber der sagte: „Du hast in meinem Haus genug gearbeitet, das ist kein Geschenk, sondern der verdiente Lohn."

Wandur und Nelda ahnten freilich nicht welche Folgen dieser Entschluss Neldas noch haben sollte. Und nach der ersten gemeinsam im Haus verbrachten Nacht kaufte Wandur von Rodulf für römische Kupfermünzen ein Rind und schenkte es Nelda. Damit und mit Neldas Geschenk an ihn war die Verbindung geschlossen. Sie wurde ihm in der folgenden Zeit zu einer unentbehrlichen Gefährtin, sehr viel Arbeit in Haus und Hof wäre ohne sie unerledigt geblieben. Sie besorgte alles rund um die die Feuerstelle im Haus und versorgte Ziegen, Schafe und das Rind. Die Arbeit ging ihr leicht von der Hand, hatte sie doch mehrere Jahre erzwungen tun müssen, was ihr jetzt große Freude bereitete.

Sie bewunderte ihn ob seiner Nähe zu den Göttern und war dankbar, dass er sie in seinem Haus aufgenommen hatte. Er hingegen hing mit einer zärtlichen Liebe an ihr, wie ein Ehemann an seiner jungen tüchtigen Frau. Ganz bewusst wurde ihm sein Glück, wenn sie sich bei nachtkaltem Wetter auf dem Felllager nah an ihn schmiegte, schutzsuchend, liebevoll. In Abständen stand sie auf und schürte das Feuer, um es bei Sonnenaufgang nicht neu entfachen zu müssen. Das war eine wichtige Aufgabe, das Feuer sollte nicht ausgehen, ein Brand in dem Holzbau wäre jedoch eine Katastrophe für die Bewohner und das Vieh gewesen.

Besondere Freude bereiteten ihr die Hühner. Von Helmfrieds großem Hühnerhof erbat sie sich zusätzliche Eier und setzte eines ihrer Hühner als Glucke auf zehn Eier. Schon bald piepste und pickte kleines Hühnervolk im Schutz der Henne im Haus herum. Wandur zimmerte einen Käfig zum Schutz der Küken vor Hunden, Katzen und Raubvögeln.

Die nächsten Tage waren angefüllt mit anstrengender Arbeit. Ein Stück Acker musste urbar gemacht werden, um die Saat ausbringen zu können. Mit Rodulfs Hilfe gelang dies, da er Rinder als Zugtiere für den Pflug und die Beseitigung der kleineren Baumstümpfe zu Hilfe nahm. Auch die lichten Flächen am Waldrand wurden zur Aussaat genutzt. Wandur konnte wegen des Zeitpunktes für das Ausbringen der Saat den Bauern wertvolle Hilfe geben, da er sich mit dem Mondkalender auskannte, nach dem von alters her der richtige Zeitpunkt bestimmt wurde. Nelda füllte derweil die Fachwerke des Hauses mit Schilf und Lehm, um Wind und Nachtkälte abzuhalten. Wandur kaufte von Helmfried zwei Schafe, um seinen Viehbestand zu ergänzen. Sesterzen hatte er von früheren Tauschgeschäften mit den Römern.

# 0 4
# D I E   R Ö M E R

Sein Entschluss stand fest, er wollte auch von Schwarzfeld das römische Lager am Grenzwall besuchen. Seine kurze Zeit dort lag mehrere Jahre zurück, keiner würde ihn erkennen, außer Belgard und der würde schweigen. Er konnte seine Dienste als Dolmetscher bei den Tauschgeschäften mit den in Grenznähe lebenden Chatten anbieten. Das bei den Römern und ihren germanischen Hilfstruppen gesprochene einfache Latein hatte er bei früheren Kontakten mit den Grenztruppen erlernt, er konnte sich gut verständigen. Yako wollte er mitnehmen, um ihm eine noch fremde Welt zu zeigen. Zwischen den Chatten und den Römern bestand allerdings ein angespanntes, um nicht zu sagen ausgesprochen feindliches Verhältnis und er war nicht sicher, ob die Bauern ihm zustimmen würden.

Für die Dorfbewohner waren die Römer seit der Zeit ihrer Väter Grenznachbarn, Handelspartner und gleichzeitig Feinde. Gar zu oft hatten sie versucht weiter in das Land der Chatten vorzudringen und von den Bewohnern Steuern zu fordern. Aber bei Gefahr durch einen äußeren Feind waren die sonst zerstrittenen Chatten einig, traten den Römern unter der Führung gewählter Herzöge entgegen und vertrieben sie aus ihrem Waldland. Das führte dazu, dass die Römer als Grenzbefestigung den Limes bauten und sich weitgehend auf den Tauschhandel mit den Germanen beschränkten.

Als er Rodulf und Helmfried von seinem Plan erzählte, wollten ihm beide ein Teil von ihrem Vieh zum Tausch gegen Metalle, Krüge und Teller mitgeben.

Wachturm am Limes

Von der Idee Yako mitzunehmen war Rodulf nicht begeistert, denn es war schon vorgekommen, dass die Römer junge Germanen mit falschen Versprechungen gelockt hatten und dann in eine Kohorte für langjährigen Militärdienst gepresst hatten. Man einigte sich schließlich darauf, nicht nur Yako, sondern auch Hordula mitzunehmen, da Wandur Hilfe bei der Aufsicht über das Vieh brauchte. In das Römerlager selbst wollte Wandur dann allein gehen, die Jungs sollten sich im Wald verbergen.

Nun blieb noch die Frage, wie das eingetauschte Gut zurück transportiert werden konnte. Rodulf stellte schließlich zwei kräftige Hofhunde in Aussicht, die als Hütehunde dienten, denen aber auch Körbe umgeschnallt werden konnten zum Transport von Lasten. Die beiden Jungs waren begeistert von dem Plan, sie sahen sich schon als Männer, die Aufgaben für Hof und Familie übernehmen konnten. Geduld war angesagt, Wandur wollte das Abenteuer erst bei Neumond wagen, um Yako und Hordula unbemerkt an die Römergrenze führen zu können.

Aber es kam ganz anders.

# 0 5
# DER ZAUBERWALD

Das kleine Dorf der Chatten war rings von Wald umgeben, die wenigen freien Flächen hatte man mühsam frei roden müssen. Wiesen und Felder ragten noch bis in die Randflächen des Waldes hinein, jede freie kleine Stelle wurde genutzt, um Saat auszubringen oder Vieh weiden zu lassen. Selbst in den Tälern im Chattenland ragte der Wald bis an die Flüsse heran. Es wuchsen weitgehend Buchen, Eichen und andere Laubbäume im Wald, an den Flüssen auch Weiden.

Schon immer hatte der Wald für die Chatten und besonders für die Bewohner von Schwarzfeld, etwas Geheimnisvolles, etwas Unerklärliches. Im Wald waren für alle Bewohner unseres kleinen Dorfes sowohl die Götter als auch Riesen, Zwerge, Gnome, Trolle und andere unheimliche Gestalten gegenwärtig. Es wurden allerlei Geschichten erzählt. So hatte zum Beispiel ein Beeren- und Pilzsammler ein wundersames Erlebnis. Er war im Wald von einem herabstürzenden Baum auf dem Boden festgeklemmt worden und konnte sich selbst nicht befreien. Auf seine Rufe nach Hilfe erschien ein kleiner bärtiger Geselle, welcher mit Bärenkräften den Baum anhob und wieder verschwand. Mühsam erreichte der Verunglückte sein Dorf und berichtete den Anwohnern von seinem Geschick. Lange Zeit danach wagte sich keiner mehr allein in den Wald, Frauen und Kinder verlangten immer Begleitung von Männern. Jeder im Dorf war fest davon überzeugt, dass dort im Wald Gnome lebten, aber auch Götter über das Geschick der Menschen wachten. Solche und andere Geschichten wurden gern am Herdfeuer in den Katen erzählt. Die Kinder, welche zuhörten hatten gruselige Gefühle und rückten näher an die Mutter oder größere Geschwister heran. Aber auch diese sahen sich verstohlen um, ob nicht in einem dunklen Winkel des Hauses sich ein Gnom oder sonst ein unheimlicher Geselle versteckt hatte.

Meister in dieser Art der Erzählungen war Helmfried der Schmied. Bei ihm traf man sich an den langen Winterabenden und er erzählte die schon bekannten Geschichten mit seinen eigenen Ergänzungen so spannend, dass es besonders den jüngeren Zuhörern kalt den Rücken herunterlief. So erzählte er zum Beispiel ergänzend zu obiger Geschichte, dass nach der Befreiung des Beerensammlers ein kleines gebeugt gehendes Weiblein erschien, den Gnom am Bart riss und rief: „Komm sofort nach Hause, lass das Menschenkind wo es ist." Als dieser nicht hörte, lud sie ihn sich auf den Rücken und beide verschwanden wie der Wind im Buschwerk. Diese Erzählungen steigerten noch das geheimnisvolle welches den Wald umgab.

Umso wichtiger war es, dass mit Wandur ein Seher im Dorf war und den Schutz der Götter für die Bewohner erflehen konnte. Aber woher hatte Wandur seine Fähigkeiten und seinen Zugang zu den Göttern? Barg seine Vergangenheit ein dunkles Geheimnis? Keiner im Dorf wusste es, keiner wollte es wirklich wissen, denn vor allen Dingen nutzte den Bewohnern des kleinen Walddorfes seine Gegenwart und seine Hilfe beim Zugang zu den Göttern und Schutz vor den Geistern.

An einem Sommertag mit Donner und Blitz kamen denn auch die Bewohner von Schwarzfeld zu seiner Kate und baten ihn ein besonderes Opfer für die Götter zu bringen, da Thor nur allzu deutlich durch das Unwetter seinen Zorn gezeigt hatte. Wandur nahm die Opfergaben, ein Zicklein und einen Hahn, entgegen und das ganze Dorf zog zum Altar am Waldrand. Ein Feuer wurde auf den Opfersteinen entzündet, die beiden kleinen Tiere getötet und das Blut über die Opfersteine in das Feuer verteilt. Wandur hob seine Opferknochen aus dem Fellbeutel zum Himmel, drehte sich nach allen vier Himmelsrichtungen und rief Gott Thor an und bat um gutes Wetter und Schutz für die Ernte und das Vieh.

Genauso wichtig war für die Dorfbewohner aber auch der Schutz Wotans für den Wald und ihre Wohnstätten. Die Zeit näherte sich, da verstärkt die Früchte der Buchen und Eichen, als auch Beeren wichtig wurden für die Ernährung der Menschen und das Vieh. Wandur reckte sein heiliges Geweihstück zum Himmel und flehte zu Wotan um seinen Schutz. Die Dorfbewohner verstanden nur wenig davon, denn er benutzte zum Teil ihm geläufige lateinische Worte und die Ehrfurcht vor ihm und seinen Fähigkeiten wuchs. Wie alle glaubte auch Wandur fest an die Macht der Götter und an die Wirksamkeit seiner Bitten. Und seine größte Bewunderin war Nelda, für sie war er ihr und des Dorfes unverzichtbarer Beschützer.

Mit der einbrechenden Dunkelheit, dem hell lodernden Feuer und Wandur vor dem Altar mit dem geheimnisvollen Wald im Hintergrund meinten die Dorfbewohner die Nähe der allmächtigen Götter, aber auch das bedrohliche Dasein der Waldgeister zu verspüren. Das Opfer war ihnen nicht leichtgefallen, sie lebten keinesfalls im Überfluss und mussten ihre Nahrung sorgsam einteilen. Doch durch ihren Glauben an die Macht der Götter wussten sie, dass ohne deren Schutz Not und Elend drohten.

## 0 6
## DER ÜBERFALL

Für den nächsten Tag wurde eine Jagd vereinbart. Rehe waren von Beeren sammelnden Frauen am Waldrand gesehen worden und Wildschweine hatten das Gatter zu einem Feld durchbrochen und den Acker aufgewühlt. Zu früher Stunde, eben vor Sonnenaufgang, machten sich alle Männer und die Söhne der Bauern auf den Weg in den Wald. Man hatte beschlossen, Wild mit einer Treibjagd den Männern des Dorfes zu zutreiben, welche mit Speeren und Pfeil und Bogen an der vorher bestimmten Stelle auf Lauer lagen.

Alles klappte wie vorgesehen und als die Männer mit zwei Wildschweinen und einem erlegten Reh auf dem Weg zurück waren, kamen ihnen Frauen entgegen, die aufgeregt berichteten, dass Wandurs Hof überfallen worden war. Dort angekommen, mussten sie feststellen, dass Nelda verschwunden war, geraubt und entführt. Die zu Hause gebliebenen berichteten, dass eine Räuberbande von zwölf Männern Wandurs Haus, welches am nächsten zum Wald lag, überfallen hatte und schon kurz darauf wieder abgezogen war. Neldas Verschwinden hatte man nicht bemerkt.

Etwa eine Stunde später war Ermin, der Häuptling des benachbarten Hauptdorfes, mit seinen Männern erschienen, um die Räuber zu verfolgen. Diese hatten vorher sein Dorf überfallen und Häuser angezündet, Frauen und Kinder weggeschleppt. Er und seine Männer waren wie die Männer in Schwarzfeld nicht im Ort gewesen. Der Häuptling erklärte, dass es sich wohl um eine Bande Markomannen handeln müsste, die an der Grenze zu den Chatten lebten. Die Leute aus dem Hauptdorf hatten sich nicht lange aufgehalten, sondern die Verfolgung der Räuber fortgesetzt und grausame Rache geschworen.

Wandur war entsetzt über Neldas Verschwinden und wollte sofort die Verfolgung aufnehmen. Rodulf und die anderen Männer rieten bis zum Morgen abzuwarten, da die Dunkelheit schon einsetzte und wollten ihn dann begleiten. Bei den ersten Sonnenstrahlen brach Wandur mit Rodulf, Yako und Hordula auf. Er versprach sich von seiner kleinen Truppe größeren Erfolg, da man sich ungesehen und ungehört bewegen konnte. Die beiden Jungen hatte er mitgenommen, um sie an der Erfahrung eines Kampfes teilhaben zu lassen. Sie waren groß und kräftig und würden mit Sicherheit ihren Mann stehen beim aufeinander Treffen mit den Räubern. Die beiden Männer waren mit Pfeil und Bogen, ihren Kurzspeeren und Messern bewaffnet. Den Jungen hatte man Langspeere als Bewaffnung gegeben, was sich noch auszahlen sollte.

Schon nach kurzer Zeit hörten sie Geräusche einer Gruppe, die ihnen entgegenkam. Sie verbargen sich im dichten Busch, Yako und Hordula mit tüchtigem

Herzklopfen, und erwarteten die Ankömmlinge. Es war der Clanhäuptling mit seinen Männern. Sie schleppten acht Gefangene mit sich und die geraubten Frauen und Kinder, die verängstigt auf Wandur und seine Männer sahen. Der Häuptling mustere sie misstrauisch und seine Männer umringten Wandurs kleine Gruppe und bedrohten sie mit ihren Speeren, dann erkannte er aber Rodulf und fragte „Wo wollt ihr hin, wer ist das?" und deutete auf Wandur. „Das ist Wandur unser Anführer, ein Seher. Er wohnt erst seit kurzer Zeit in unserem Dorf", sagte Rodulf.

Wandur trat vor und sagte: „Man hat meine Gefährtin aus Schwarzfeld entführt, aber ich sehe sie nicht bei den befreiten Frauen." „Wir haben alle Frauen und Kinder befreit, deine Gefährtin war nicht dabei", sagte Ermin. Wandur berichtete ihm noch einmal was er von dem Überfall auf seinen Hof wusste, als einer von Ermins Männer sagte: „Wir haben auf dem Weg zurück Spuren gesehen, danach hat sich eine kleine Gruppe von drei oder vier Männern von dem Räubertrupp abgewendet und einen anderen Weg eingeschlagen. Möglich, dass diese deine Gefährtin mitgeschleppt haben."

Wandur überlegte, ob er die Gefangenen befragen sollte, aber als er deren elende Gestalten sah, blutig geschlagen, misshandelt, spürte er, dass es wohl zwecklos wäre. Ermin bot an, ihm den Mann, der die Information über die Restgruppe der Räuber gemacht hatte als Führer mitzugeben: „Ich gebe euch Gerold als Führer mit, das wird die Verfolgung erleichtern." Dann schenkte er Wandur ein Schwert mit Gurt, welches sie von den Räubern erbeutet hatten, wünschte Erfolg und den Segen der Götter.

Mit Gerold an der Spitze machten sie sich wieder auf den Weg. Yako und Hordula sahen mit Grausen dem abziehenden Trupp mit dem Häuptling und den grausam behandelten Gefangenen nach. Wandur ging Neldas Geschick nicht aus dem Sinn. Hatte man sie gefoltert und misshandelt, lebte sie überhaupt noch? Er war fest entschlossen sie zu finden und zu befreien. Er sagte zu Gerold: „Ich werde nicht eher ruhen, bis ich Nelda gefunden habe." „Wir bleiben bei Dir und unterstützen Dich, wir werden Dich nicht im Stich lassen", entgegnete Rodulf und die beiden Jungs stimmten ihm zu.

„Wir wissen von früheren Überfällen der Markos, dass sie ihre Gefangenen meist als Sklaven an die Slaven verkaufen, die an ihrer entfernten Grenze siedeln. Um den Wert der Entführten nicht herabzusetzen wird man sie nicht foltern oder misshandeln, da musst Du keine Sorge haben", sagte Gerold. Der war trotzdem voller Zweifel und in großer Sorge. Gerold hatte den Schimpfnamen für ihre Feinde gebraucht, um zu zeigen, wie er sie verachtete und auch hasste.

Nach angestrengter Wanderung auf dem kaum erkennbaren Pfad hob der an der Spitze marschierende Gerold den Arm und deutete auf eine schmale Spur, welche vom Pfad in das dichte Unterholz führte. „Seid leise und duckt euch hinter die Büsche, hier ist die Stelle, wo sie sich von der Hauptgruppe getrennt haben. Sie werden Nelda wohl mitgeschleppt haben", sagte er. „Dort im Wald kommen sie kaum voran, sie werden abgewartet haben, bis ihre Verfolger abziehen und dann auf diesen Pfad zurückkehren wollen." Er besprach sich leise mit Wandur und man beschloss hier die Dämmerung abzuwarten, dann dem Pfad zu folgen, zum Lagerplatz der Räuber.

Gerold schlich ein gutes Stück voraus, kam bei einbrechender Dämmerung zurück damit der Rest der

Gruppen ihm folgte. Wandur, der ungeduldig darauf gewartet hatte, war sofort auf den Beinen und wollte eiligst voran, doch Gerold mahnte zur Ruhe und Vorsicht: „Das Lager der Markos kann in der Nähe sein. Vielleicht warten sie hier bis sich alle Aufregung um ihren Überfall wieder gelegt hat", war seine Meinung. Er sollte recht behalten, schon nach einem weiteren Stück Weg kam er wieder zurück zu den Männern aus Schwarzfeld und schickte sie zur Seite in die dichten Büsche. Er selbst ging mit Wandur voraus. Sie ließen ihre Proviantbeutel und Waffen, die sie behinderten, zurück und schlichen gebückt durch das dichte Unterholz.

Schon nach kurzer Zeit entdeckten sie das Lager. Die Markos hatten ein Feuer angezündet und durch den Geruch des Rauches war Gerold auf das Lager aufmerksam geworden. Er hielt Wandur zurück, der näher heranreichen wollte, um etwas von Nelda zu sehen. Sie beobachteten vier Männer, die um das Feuer saßen, von Nelda keine Spur. Sie schlichen zurück und beschlossen bei Einbruch der Dunkelheit die Räuber zu überwältigen. Wandur teilte Rodulf, Yako und Hordula ihren Plan mit und gab den beiden Jungen noch ganz besondere Anweisung für den Angriff auf das Lager.

Bei Dunkelheit schlichen sie gemeinsam auf das Lager zu. Nur schwaches Mondlicht erhellte den nachdunkeln Wald. Die Markos hatte sich auf ihre Schlafplätze gelegt, nur einer saß an einen Baum gelehnt und war offenbar als Wächter bestimmt. Auf ein Zeichen von Gerold schoss Wandur einen Pfeil auf ihn ab, der seinen Hals durchbohrte. Der Marko konnte nur noch einen gurgelnden laut von sich geben, dann sackte er zusammen. Gleichzeitig sprangen Yako und Hordula auf und richteten ihre Langspeere auf die Leiber zweier Markos, welche

34

aufstehen wollten, geweckt von einem verdächtigen Geräusch. Als sie die Spitzen der Speere an ihren schutzlosen Leibern spürten, ließen sie sich aber wieder auf den Rücken fallen und rührten sich nicht.

Das verdächtige Geräusch war der Schwerthieb Gerolds, mit dem er dem dritten liegenden Räuber den Kopf abschlug. Rodulf hatte das Lager umrundet und Nelda hinter einem Baumstamm liegend, gefesselt und mit einem Fellstück geknebelt gefunden. Er rief Wandur, der die beiden am Boden unter den Speerspitzen der tüchtigen jungen Männer liegenden Räuber gefesselt hatte. Der als Wächter eingeteilte Marko blieb unbeachtet liegen, er war schwer verletzt und würde wohl nicht mehr lange zu leben haben.

Wandur und Rodulf befreiten Nelda von ihren Fesseln und dem Knebel, der sie kaum atmen ließ. Sie konnte sich zunächst nicht erheben und auch nicht sprechen, erholte sich aber wieder so weit, dass sie fragen konnte: „Bin ich befreit?" Wandur nahm sie auf seine Arme und sie starrte mit angstvoll aufgerissenen Augen auf die am Boden liegenden Räuber und den Leichnam mit dem abgeschlagenen Kopf.

Entgegen Gerolds Vermutung hatte man ihr übel mitgespielt. Ihr Körper war übersät von dunklen Flecken, die von Faustschlägen herrührten. Auf dem Weg zu ihrem Versteck hatten die Markos sie an einem groben Strick, der um ihren Hals geschlungen war hinter sich her geschleift. Das hatte eine schreckliche Wunde hinterlassen, die Haut war abgescheuert und blutete. Mit roher Gewalt hatte man ihr einen Haarbusch ausgerissen, was ebenfalls eine blutende Wunde hinterließ.

Wandurs Zorn war unermesslich. Am liebsten hätte er die Räuber sofort getötet. Er wusste aber, dass sie ihrem schrecklichen Schicksal auch so nicht entgehen konnten. Sie banden den Gefangenen Stricke um den Hals und bei beginnendem Morgengrauen begann der Heimweg. Als die kleine Gruppe das Lager verließ, schlug Gerold auch dem durch den Pfeilschuss schwerverwundeten Räuber den Kopf ab und steckte ihn auf Hordulas Speerspitze: „Trag ihn nach Hause, dort werden wir ihn an euren Altar legen." Hordula sah nach oben auf das grausige Bild und ein Schauer überlief ihn, aber zu einem Opfer für die Götter gehörte auch der Kopf eines getöteten Feindes.

Wandur trug Nelda auf dem Rücken. Sie wollte zwar selbst gehen, aber ihre Kräfte reichten trotz eines kleinen eiligen Frühstücks noch nicht aus. Als sie ihren Pfad erreichten rammte Gerold einen dünnen Buchenstamm in den Boden, auf den der Kopf des anderen getöteten Markos gespießt wurde. Eine Warnung an die Markomannen, falls sie weitere Raubzüge planten.

„Unser Häuptling hat einen Späher auf dem Pfad gelassen, um zu sehen ob die Markos nach ihren Leuten suchen. Ich will ihn informieren was geschehen ist, komme aber wieder zu euch zurück. Vorher ein großes Lob an unsere beiden jungen Männer, für ihre große Hilfe bei der Überwindung der Räuber", sagte Gerold und war im dichten Busch verschwunden. Yako und Hordula senkten bescheiden, aber stolz die Blicke zur Erde. Sie wussten wie sie angstvoll gezittert hatten vor ihrer ersten Begegnung mit Feinden, waren aber stolz, dass sie ihre Aufgabe gemeistert hatten. Jetzt führte jeder von ihnen einen gefesselten Gefangenen am Halsstrick. Wandur, viel zu sehr beschäftigt mit Nelda, und auch Rodulf schlossen sich Gerolds Lob an. Yako blickte zweifelnd auf den strengen Vater, doch der lächelte und sagte: „Sohn, gut gemacht!" Er nahm sich vor, ihm nach der Rückkehr ein Geschenk zu machen, was zeigen sollte, die beiden Burschen hatten ihre Mannesprüfung bestanden.

Die kleine Truppe aus Schwarzfeld strebte ihrem Dorf zu, was sie aber kaum vor Einbruch der Dunkelheit erreichen würde. Am Nachmittag wurde mit Rücksicht auf Nelda an einer kleinen Lichtung im Wald gerastet. Bei Einbruch der Dunkelheit jagte der zurückkehrende Gerold ihnen einen Schreck ein: „Aufgewacht, Schlafmützen", rief er durch den Busch, bevor er sich zu erkennen gab. Alle hatten zu ihren Waffen gegriffen und besonders die beiden tapferen Jungmänner hatten sich tüchtig erschrocken. Nelda wollte aufstehen und flüchten, der Gedanke wieder in die Hände der Markos zu fallen war ihr unerträglich. Aber Wandur hielt sie zurück: „Es ist nur Gerold, er ist von seiner Erkundung zurück und wollte uns erschrecken." Sie konnte sich lange nicht beruhigen und klammerte sich an Wandur. Der hatte inzwischen ihre Wunden gereinigt und Kräuter aufgelegt, soweit er Heilkräuter finden konnte, um ihr etwas Linderung zu verschaffen.

Gerold berichtete, dass der Späher sich ein gutes Versteck auf einer mächtigen Buche ausgesucht hatte, wo er ihn nur mit Mühe ausfindig machen konnte. Er hatte ihm von dem Ausgang der Verfolgung und der Befreiung Neldas berichtet und erfahren, dass es in der Zwischenzeit keine Bewegungen auf dem Pfad gegeben hatte. Gerold hatte ihm versprochen, bei Ermin dafür zu sorgen, dass eine Ablösung zu ihm geschickt würde.

# 0 7
# R Ü C K K E H R

Ungeduldig wartete die kleine Gruppe auf die Morgendämmerung, ihr Dorf war nahe und sie wollten nach Hause. Und am frühen Nachmittag erreichten sie Schwarzfeld. Bolgur hatte seine Söhne als Kundschafter ausgeschickt, welche die Nähe der Rückkehrer im Dorf meldeten. So kam es, dass die zu Hause gebliebenen Bewohner ihnen ein gutes Stück entgegenkamen. Wütend wurden die beiden Gefangenen betrachtet und die Frauen nahmen sich sofort Neldas an, brachten sie in Rodulfs Haus, versorgten ihre Wunden und fütterten sie mit einem Brei aus warmer Milch und zerstoßenem Hafer, der mit Honig gesüßt war. Dann wurde sie mit Wasser aus dem nahen Schwarzbach gründlich gewaschen und man sah ihr an, wie gut ihr das tat. Sie fiel in einen tiefen Schlaf, während die Männer draußen mit einem Festmahl empfangen wurden.

Diese waren zunächst zum Altar gezogen und unter Wandurs Führung dankten sie den Göttern mit einem

Opfer. Helmfried hatte zwei Hühner gebracht und mit den Worten: „Wir wollen mit diesem Opfer den Göttern danken", übergab er sie Wandur, der wie gewohnt die Opferzeremonie zelebrierte. Der Kopf des getöteten Markos wurde in die Eiche am Altar als Dank an die Götter gehängt.

Die Dorfbewohner standen tief ergriffen vor dem Altar, blickten auf das grausige Bild und fühlten die Nähe der Allmächtigen. Die Gefangenen wurden mit gefesselten Händen und Füßen an zwei Bäumen neben dem Altar festgebunden. Man hatte ihnen die Stricke fest um den Hals gezogen und diese um die mächtigen Stämme geschlungen. Die beiden jungen Burschen waren Räuber und Entführer, hatten damit nach germanischem Recht keine Gnade zu erwarten und waren der Willkür der Chatten ausgeliefert.

Die Männer ließen sich das Festmahl schmecken, welches von den Frauen und Mädchen für sie zubereitet worden war, ein großer Eisentopf voll Grütze mit Waldbeeren und Fleisch von dem jüngst erlegten Reh schmackhaft zubereitet. Jeder der Männer war schmale Kost für eine gewisse Zeit gewöhnt, aber umso besser schmeckte es wenn's dann wieder reichlich zu essen gab. Man saß rund um den großen Topf, tauchte die Holzlöffel ein, tauschte die Plätze mit den jüngeren Bewohnern, wenn man satt war. Ein großer Metkrug machte die Runde und eine frohe Stimmung entstand, der Überfall und die Entführung hatten ein gutes Ende genommen.

Yako und Hordula saßen stolz im Kreis der Männer und Balde, Yakos kleine Schwester, herzte und drückte ihn. Sie hatte ihren Liebling wieder zurück und er war jetzt ihr ganz großer Held. Yakos jüngerer Bruder bewunderte ihn und wollte genauso werden wie er, aber Balde ließ ihn kaum an Yako herankommen. Die Jungen vom Hof Bolgurs saßen mürrisch und beleidigt abseits und Wandur nahm sich vor auch sie in zukünftige Unternehmungen einzubeziehen und die Freundschaft zwischen dem jungen Volk zu erneuern.

Die Frauen und Kinder standen im Halbkreis um die Gefangenen herum, beschimpften und schlugen sie mit langen Ruten. Einige von ihnen spitzten kurze Stäbchen an und bohrten sie den Markos in die Haut. Das andere Ende wurde angezündet und erhöhte so die Qualen der Gefangenen. Wandur saß ebenfalls bei dem Festmahl, wusste er doch Nelda in guter Obhut. Neben ihm saß Gerold und beide beschlossen, die Markos am kommenden Tag zum Häuptling zu bringen, in dessen Dorf hatten sie schließlich das größte Unheil angerichtet und auch seinen Hof teilweise abgebrannt.

Die Dorfbewohner hatten, während Wandurs Abwesenheit, seine Kate wieder in Ordnung gebracht und das Vieh versorgt. Großen Schaden hatten die Räuber nicht angerichtet, da sie sich bei Neldas Raub nur kurz aufgehalten hatten. Sie ahnten, dass Verfolger ihnen auf der Spur waren. Wandur hatte Nelda für die Nacht zurückgeholt, eng aneinander geklammert hatten sie geschlafen und am nächsten Morgen war sie schon in wesentlich besserer Verfassung. Er versprach ihr sie nicht zu verlassen, die Gefangenen musste Gerold zurückbringen.

Der Tag erwachte mit einem strahlenden Frühsommermorgen, der Wald stand in frischem Grün, die Saat zeigte erste Spitzen, Hummeln, Wildbienen summten durch Busch und Feld, Schmetterlinge gaukelten durch die Luft. Das spärlich wachsende Gras am Waldrand und auf den nahen Lichtungen konnte bald zum ersten

Mal gemäht werden, jetzt schon war Vorsorge für den Winter notwendig. Gestört wurde dieses friedliche Bild durch den Anblick der Gefangenen, die in elendem Zustand in ihren Fesseln an den Bäumen hingen und den grausigen Totenkopf. Die Gefangenen hatten seit drei Tagen nichts gegessen und kaum etwas getrunken. Gerold kam mit einem Krug Wasser aus dem Bach und ließ sie trinken, denn sie sollten ja noch zwei Tagesmärsche nach Hirsfild, dem Dorf des Häuptlings marschieren.

Es wurde vereinbart, dass Yako und Hordula die Gefangenen unter Gerolds Führung zurückbringen sollten. Wandur drang darauf, dass auch die beiden ältesten Söhne Bolgurs, Jodolf und Ernal mitgehen sollten, und ließ sich von allen vier jungen Männern bei den Göttern am Altar schwören, auf jeglichen Streit zu verzichten auf dem Hin- und Rückweg und für die Zukunft. Er sah dies als ersten Schritt Einigkeit herzustellen und alle Dorfbewohner lobten seine Klugheit. Gerold gab er als Dank für seine Hilfen den Rest seiner Kupfermünzen in einem Lederbeutel und sagte ihm „Behalte die Sesterzen oder teile sie auf zwischen dir und Ermin nach Belieben. Haustiere kann ich dir nicht geben, da ich erst kurz hier sesshaft bin und nur das Nötigste selbst habe."

Als guten Rat bezüglich der beiden Gefangenen sagte er: „Ich möchte den Häuptling bitten, die beiden Markos nicht zu töten, vielleicht brauchen wir sie noch als Geiseln. Sobald die Jungen zurück sind, komme ich nach Hirsfild, um mit Ermin zu beraten wie wir in Zukunft Überfälle vermeiden oder abwehren können." Gerold nickte bedächtig: „Ich werde es ausrichten", antwortete er. Und so zog der Zug der jungen Krieger mit den beiden Gefangenen unter Gerolds Führung ab durch den dichten Wald in Richtung Hirsfild.

## 08
## DORFLEBEN

Langsam kehrt im Dorf wieder das normale Leben ein. Auf den Höfen, den Äckern und Wiesen, im Wald gab es für jeden viel zu tun, Zeit für Muße blieb nicht. Nur an den Abenden waren in den Gesprächen der Überfall und die nachfolgende Befreiung noch Thema. Wie sollte man sich gegen weitere Überfälle schützen? Wandur sagte zu den Dorfbewohnern, dass er so bald wie möglich Ermin besuchen wollte, um das mit ihm zu besprechen. Bis zur Rückkehr der jungen Krieger musste das aber warten, auch mit Rücksicht auf Nelda.

Als er mit Nelda besprach was als nächstes zu erledigen wäre, klammerte sie sich an ihn und sagte „Geh nicht fort, ich habe Angst."

„Du brauchst keine Angst zu haben, die Räuber kommen nicht mehr", sagte er gegen seine Überzeugung, „außerdem bleibe ich immer in Sichtweite unseres Hofes. Wenn du aus der Tür trittst, kannst du mich sehen. Ich werde Gras abmähen auf der Wiese am Waldrand. Du musst Dich um unser Vieh kümmern, füttern, melken und die Lämmer versorgen." Nach gutem Zureden sah sie ein, dass die Arbeiten erledigt werden mussten und war einigermaßen beruhigt.

Wandur lieh sich bei Rodulf eine Sichel und machte sich an die Arbeit. Das tiefe Bücken mit der Sichel war mühsam und mit Rodulfs Einverständnis wollte er sich von Helmfried ein Auge für einen Stiel an den Griff der Sichel schmieden lassen. Damit Nelda ihn nicht aus den Augen verlor, nahm er sie mit zu Helmfried, der gerade ein Eisen im Schmiedefeuer bearbeitete. Sie wurden freundlich empfangen, auch seine Frau Garda begrüßte Nelda und erkundigte sich nach ihrem Befinden. Als Wandur ihm seinen Wunsch erklärte, schüttelte er bedenklich den Kopf, machte sich dann aber an die Arbeit.

Das Schmiedefeuer brannte mit der von ihm selbst hergestellten Holzkohle. Er erhitzte den Sichelgriff bis zur Rotglut und schmiedete das flache Eisenstück zu einer fast geschlossenen Rundung aus. Gleichzeitig bog er den Griff etwas nach oben ab. Wandur, der den Blasebalg betätigte, bewunderte sein Geschick und die Geschwindigkeit, mit der er diese Arbeit erledigte. Helmfried kühlte die heiße Sichel in einem Wassertrog aus Sandstein ab und gab sie Wandur. Der war in Verlegenheit, er wusste nicht, wie er den Schmiedemeister bezahlen sollte, er hatte nichts: „Wie kann ich deine Arbeit wieder gut machen?", fragte er: „Irgendwann werde ich deine Hilfe brauchen, dann melde ich mich bei dir. Aber brauchst du nicht noch anderes Werkzeug? Ich will dir gerne das Notwendige anfertigen." Nur zu gern bestätigte Wandur das und verabschiedete sich mit Nelda von seinen hilfsbereiten Nachbarn.

Er schnitt sich einen schlanken Birkenstamm zurecht und setzte ihn als Stiel in sein neues Werkzeug ein. Schon die erste Mahd bestätigte die Verbesserung des Arbeitsgerätes: er konnte aufrecht mähen und mit einem Schnitt eine größere Fläche abmähen als vorher. Als er später Rodulf die Sichel zurückgeben wollte, war dieser angetan von der Verbesserung und er schenkte sie ihm, bat aber seine zweite Sichel genauso herzurichten. Was dann auch mit Helmfrieds Hilfe geschah

Wandur baute am Waldrand und in den Wald hinein einen großen Schweinepferch, in den alle Schweine des Dorfes zum Fressen hineingetrieben werden konnten. Die vorhandenen Pferche waren klein und nur zur tageweisen Benutzung gedacht. Nun sollte ein stabiler Pferch entstehen, der größer und dauerhaft sein sollte, mindestens aber für einen Sommer. Er machte das für die Dorfgemeinschaft und Nelda hatte schon ohne sein Wissen mit Helmfried vereinbart, dass er dafür zwei Ferkel bekommen sollte, welche ihnen beim Viehbestand noch fehlten. Sie entwickelte sich zur tüchtigen Hausfrau. Nach drei arbeitsreichen Tagen war der Pferch fertig und zehn Schweine wurden hineingetrieben. Als er nach Hause kam quiekten zwei Ferkel im Stall, die Nelda ihm strahlend präsentierte.

Wandur war das nicht recht, aber er freute sich, Nelda wurde wieder gesund und so blieben die Ferkel in ihrem neuen zu Hause. Inzwischen war das Gras getrocknet, konnte zusammen geharkt und unter den Dachsparren eingelagert werden.

# 09
## DIE GEFANGENEN

Wie war es aber unseren jungen Kriegern ergangen, die nach Hirsfild unterwegs waren? Die jungen Leute waren bewaffnet mit Kurzspeeren, Bolgurs Söhne Jodolf und Ernal zusätzlich mit Pfeil und Bogen. Auf dem schmalen, kaum erkennbaren Pfad konnte man nur hintereinander marschieren und so schickte Gerold Yako und Hordula an die Spitze, dahinter folgten Jodolf und Ernal, die jeder einen Gefangenen vor sich herführten und er selbst ging am Schluss, um das junge Volk im Auge zu behalten.

Der Pfad führte über einen Bergrücken, zu beiden Seiten ging es steil bergab. Durch das dichte Blätterdach der Bäume konnte man Schwarzfeld noch erahnen und unsere jungen Krieger wussten auf einmal die Geborgenheit des eigenen Heimes sehr zu schätzen. Jetzt zog man in die Fremde und nur das Vertrauen in Gerold beruhigte sie. Beiderseits des Pfades wurden die Büsche und Bäume aufmerksam beobachtet, von hinten konnte keine Überraschung kommen, da war ja mit Gerold ein erfahrener Beobachter.

Schon um die Mittagszeit machte sich die Schwäche der Gefangenen bemerkbar, sie konnten einfach das Marschtempo nicht mehr mithalten. Hunger und Folter hatten ihnen arg zugesetzt. Als sie am frühen Nachmittag eine Gerold bekannte Quelle erreichten, wurde gerastet. Die Markos an zwei Bäume gebunden und die Fesseln abgenommen. Gerold gab ihnen getrocknete Fleischstreifen zur Stärkung und Hordula holte zusammen mit Ernal Wasser aus der Quelle. Nach einer kurzen Ruhepause ging es weiter. Gerold hatte einige Mühe mit den jungen Leuten, denen die Pause zu kurz war. Bei den Gefangenen waren Stockschläge notwendig, sie wollten sich zudem die Fesseln nicht wieder anlegen lassen. „Wir müssen hart bleiben, sonst bekommen wir Probleme mit den Markos", sagte Gerold und die Jungs widersprachen ihm nicht. Bis zum Abend wurde tüchtig weitermarschiert, denn am nächsten Tag wollte man Hirsfild erreichen.

Am nächsten Nachmittag erreichten sie ohne Zwischenfälle das Ziel. Vor dem Hof von Ermin übergab Gerold diesem die beiden Gefangenen und übermittelte Wandurs Botschaft. Nachdenklich senkte Ermin den Kopf: „Von den acht Gefangenen, die wir überwältigt haben, leben nur noch zwei, sechs sind der Rache unserer Brüder nicht entgangen und haben ihr verdientes Ende gefunden. Wandur ist ein kluger Mann, ich werde die Räuber schonen und abwarten bis wir darüber beraten haben." Dazu musste er sie allerdings vor dem Zorn der übrigen Bewohner schützen, in seinem Haus einsperren und an die Hauspfosten fesseln lassen. Seinen Mitbewohnern sagte er: „Lasst mir Zeit, wir werden später über sie richten." Der lauteste Schreier für eine sofortige

Opferung der Räuber war Landolf, der in Hirsfild Seher war. Ermin sah einen Konflikt kommen, gebot ihm jedoch zu schweigen und sein Urteil abzuwarten.

Für die jungen Männer aus Schwarzfeld wurde eine Mahlzeit bereitet und Ermin wies ihnen einen Schlafplatz in seiner Scheune an. Er bedankte sich bei Gerold der es eilig hatte nach Hause zu kommen, ihm vorher aber noch von seinem Gespräch mit dem Späher berichtete. Ermin veranlasste, dass am nächsten Morgen eine Ablösung zu ihm geschickt wurde.

Neugierig und staunend durchstreiften die jungen Männer das im Vergleich zu Schwarzfeld viel größere Dorf. Ausgedehnte Höfe gab es zu bestaunen, einen Dorfbrunnen in der Ortsmitte und natürlich viel mehr Menschen. Auf den Weiden rund um die Höfe weideten oder ruhten Herden mit Rindern und Schafen. Vereinzelt gab es auch Pferde, die gab es in Schwarzfeld überhaupt nicht und unsere jungen Krieger hatten noch nie welche gesehen. Von den Bewohnern wurden sie misstrauisch beobachtet, erst vor kurzem hatten Fremde viel Unheil angerichtet. Die Brandstellen an den Häusern und umgerissene Zäune konnte man zum Teil noch sehen. Ermin hatte geahnt, dass man die Fremden nicht gerne sah und hatte ihnen einen jungen Mann mitgegeben, der die Einwohner beruhigte. Nach Beendigung ihres Rundgangs legten sie sich auf ihr Strohlager und schliefen sofort ein.

Am nächsten Morgen rüsteten sich die Jungen aus Schwarzfeld für den Heimweg. Ermin hatte sich entschlossen mitzugehen und gab jedem einen Fellbeutel, den man über den Kopf ziehen konnte, es regnete stark. Die Söhne von Bolgur vertrugen sich gut mit Yako und Hordula, das würde sich unter Ermins Aufsicht nicht ändern. Der nutzte die Gelegenheit um die Jungen mit den

Besonderheiten des Waldes vertraut zu machen. Vogelrufe wurden gedeutet, Reh-, Hirsch- und Wildschweinspuren untersucht, essbare und ungenießbare Beeren und Pilze bestimmt. Ein spannender Tag für seine jungen Begleiter, der Regen war fast vergessen. Die dabei versäumte Wegstrecke musste am nächsten Tag wieder aufgeholt werden und am späten Nachmittag erreichten sie Schwarzfeld.

## 1 0
## DAS THING

Die Jungen verabschiedeten sich und eilten nach Hause, es gab ja viel zu erzählen. Ermin ging zur Kate Wandurs und traf ihn mit Nelda bei der Versorgung der Haustiere. Wandur war erstaunt und erfreut, fragte aber gleich, ob alles wie geplant funktioniert hätte. „Die Gefangenen sind bei uns in sicherer Verwahrung und deine jungen Leute haben sich vorbildlich betragen, das hat mir auch Gerold bestätigt", sagte Ermin, „Yako und Hordula sind zwei geschickte Burschen und Jodolf ist stark wie ein Bär." Das hörte Wandur gerne und er würde es den Vätern weitersagen: „Lass uns heute Abend eine Beratung mit den Männern des Dorfes abhalten und einen Plan fassen für unser Vorgehen gegen die Markos."

„Das können wir hier bei mir machen, ich werde sofort die Männer herbestellen. Die jungen Burschen sollen auch dabei sein, nicht um mitzubestimmen, sondern um zu erfahren, wie es bei einem Dorfthing zugeht." Ermin war einverstanden und Wandur machte sich auf den Weg.

Nelda hatte die Schafe gemolken und setzte die Milch als Dickmilch an. Die Anwesenheit von Ermin störte sie, erinnerte sie an ihre Entführung durch die Markomannen. Diesem gefiel die hübsche junge Frau ausnehmend gut und er suchte das Gespräch mit ihr.

„Sind Deine Verletzungen von den Markomannen verheilt?", fragte er und das war natürlich genau das Falsche was Nelda hören wollte. Sie wandte sich von ihm ab, ihrer Arbeit zu und sagte knapp: „Ja", aber leichte Panik im Blick. Ihre Wunde am Hals war noch nicht verheilt, sie hatte unter einem schmalen Band immer noch einen Kräuterverband. Ermin erkannte seinen Fehler und wechselte das Thema: „Die Jungs haben sich auf dem Weg hierher gut bewährt. Ich habe gehört, dass auch ein Sohn deines Bruders dabei war."

„Ja, das ist Hordula, ein tüchtiger Junge, er wird jetzt wohl sechzehn Winter zählen." „Ich habe leider keine Söhne und werde ihn und die anderen jungen Leute im Sinn behalten."

Bevor Ermin das Gespräch weiterführen konnte, kam Wandur zu Neldas Erleichterung zurück. Sie wusste, dass sie ihre Angst und Befangenheit überwinden musste, doch noch war sie nicht so weit. Wandur brachte Rodulf und Helmfried mit sowie deren Söhne, Bolgur wusste um das Treffen und erschien wenig später.

Da Frauen an einem Thing nicht teilnehmen durften, schürte Nelda nochmal das Feuer, steckte eine Fackel an den Sparren über den Sitzplätzen der Männer, dann brachte Yako sie zu seiner Mutter Brigga, die sich freute Unterhaltung für den Abend zu haben. Die Söhne der Bauern waren zwar noch im jugendlichen Alter, aber da sie sich in den zurückliegenden Tagen bewährt hatten und außerdem keine Urteile ausgesprochen werden sollten, durften sie am Thing teilnehmen.

Als alle in der Runde ihre Plätze gefunden hatten, sagte Ermin „Wir leben in ständiger Gefahr eines Überfalls durch die Markomannen. Dabei ist euer Dorf besonders gefährdet, da ihr nahe an der Grenze lebt. Ihr seid eine zu geringe Anzahl, um einen Angriff abwehren zu können. In Hirsfild ist das anders, da können wir genügend Krieger gegen die Markos stellen. Habt ihr Pläne, wie wir uns zukünftig schützen können?"

Wandur hielt sich zurück, er wollte den Bauern Gelegenheit geben ihre Meinung zu sagen, sie hatten nicht zum ersten Mal mit dem Problem Markos oder Fremde zu tun.

Bolgur meldete sich zu Wort: „Die Markos haben in der Vergangenheit einen Umweg um Schwarzfeld gemacht, weil in unserem kleinen Walddorf keine große Beute zu machen ist und sie damit auch ihr Kommen verraten hätten. Sie sind weitergezogen und kamen so schnell nicht wieder, wenn sie an anderer Stelle eine Niederlage bezogen hatten. Der letzte Fall war unglücklich, es waren keine Männer da." Helmfried konnte aus seiner Erinnerung berichten: „Ich entsinne mich nur eines einzigen Raubzuges auf unser Dorf und der verlief glimpflich, weil alle Männer da waren und die Markos nur mit 6 Kriegern kamen. Denen waren wir gewachsen und haben sie in die Flucht geschlagen."

„Das kann in Zukunft ganz anders sein", sagte Rodulf, „und unsere Gehöfte können angezündet, unsere Frauen und Kinder geraubt oder erschlagen werden."

51

# 11
## DER PLAN

Ermin meldete sich zu Wort: „Es wird wenig Zweck haben mit einem ihrer grenznahen Häuptlinge zu sprechen, wir müssen zu dem Herzog der Markos und der residiert fünf Tagereisen entfernt. Fünf Tage durch das Land der Räuber zu gehen, das ist gefährlich, vielleicht kommen wir gar nicht an unser Ziel."

„Und wenn wir da sind, müssen wir etwas anzubieten haben. Die Markos werden nicht auf die Beute aus ihren Raubzügen verzichten, ohne eine Gegenleistung von uns", war ein Einwand von Wandur. Wie sollte das gelingen? Die Männer waren ratlos.

Es wurde beschlossen zunächst im hellen Mondlicht zum Altar am Waldrand zu gehen und Wotan um Beistand und Rat zu bitten. Bolgurs praktischer Sinn meldete sich: „Hole den großen Metkrug hinter dem Herdfeuer und bringe auch Becher mit, vielleicht kommt uns dann eine Erleuchtung", sagte er zu Jodolf. Der nahm Hordula mit und rannte los. Ein Opfer durfte nicht fehlen und Rodulf holte ein Huhn. Am Altar wurde ein Feuer entzündet. Wandur verteilte Blut des Opfertieres auf dem Altar und rief mit empor gereckten Runenstäben Wotan an:

„Wotan, gewaltiger Herrscher der Welt,
Haus und Hof hilf uns hüten,
Sende Segen auf unseren Weg,
Frevelnde Feinde halte fern."

Darauf folgten nach allen vier Himmelsrichtungen weitere Anrufe der Götter, die von seinen lateinischen Worten durchsetzt und für die Anwesenden nicht zu verstehen waren.

In Wandurs Kate stand der Krug und die Becher bereit. Bolgur schenkte ein, es wurde getrunken und Wandur bat nochmals um den Segen der Götter. Jodolf und Hordula hatten natürlich auch Becher für die jungen Männer mitgebracht, die fleißig mittranken. Für Yako war die Teilnahme am Thing ein besonderes Erlebnis. Der Respekt vor den Erwachsenen wuchs und er sagte kein Wort zu deren Plänen, obwohl er schon eine eigene Meinung dazu hatte. Er hätte am liebsten vorgeschlagen, dass alle Chattendörfer gemeinsam gegen die Räuberbanden ziehen und ihnen einen tüchtigen Denkzettel verpassen sollten. Doch seine Meinung wollte er nur Hordula mitteilen, im Kreis der Männer wäre das respektlos gewesen.

Trotz aller Bemühungen kam kein Plan zustande und man beschloss, am nächsten Tag noch einmal zusammen zu kommen. Rodulf lud Ermin ein bei ihm zu übernachten, was dieser gerne annahm. Wandur holte Nelda ab und alle begaben sich zu Nachtruhe.

Der nächste Tag brachte dann schnell ein Ergebnis: Ermin wollte mit einem Begleiter zu den Markomannen gehen und im nächsten Dorf mit dem dortigen Häuptling besprechen, wie eine Abordnung der Chatten sicher zum Herzog der Markomannen gelangen konnte. Bolgur meldete sich als sein Begleiter. Für die übrigen Teilnehmer am Dorfthing war es nun wieder an der Zeit sich der Arbeit auf ihrem Hof zu widmen.

„Wir gehen nur zu zweit, um denen zu zeigen, wir kommen in friedlicher Absicht", sagte Ermin zu Bolgur. Noch am gleichen Tag machten die Beiden sich mit ausreichend Proviant für einige Tage auf den Weg.

## 12
## HÄUPTLING ERKMAR

Inzwischen hatten Ermin und Bolgur die Stelle erreicht, wo der Späher die Markos beobachten sollte. Der junge Mann war erst seit zwei Tagen da und langweilte sich sehr.

„Wir ziehen weiter in das nächste Dorf. Du hast eine sehr wichtige Aufgabe hier. Beobachte die Markos und falls sie auftauchen, benachrichtige Gerold und die Männer in Schwarzfeld", sagte Ermin und ging mit Bolgur weiter.

Nach einer längeren Wanderung suchten sie sich bei beginnender Dämmerung ein Nachtlager im dichten Busch abseits des Pfades.

Am nächsten Tag waren die Regenwolken von einem kräftigen Wind aus Richtung Sonnenaufgang vom Himmel gefegt. Strahlender Sonnenschein lachte vom Himmel, im Wald gedämpft durch das dichte Blätterdach. Vorsichtig näherten sich unsere beiden Wanderer wieder dem schmalen Pfad, der sicher zum nächsten Dorf führte. Nichts regte sich und der geplante Weg wurde fortgesetzt.

Etwa um die Mittagszeit hörten sie Hundegebell und wussten das Ziel ist nahe. Kurz danach sprangen zwei junge Männer vor ihnen auf den Weg und bedrohten sie mit ihren Speeren: „Wer seid ihr und was wollt ihr hier?" „Wir kommen aus Hirsfild, führe uns zu eurem Häuptling, wir haben eine wichtige Nachricht für ihn", entgegnete Ermin.

Mit Hirsfild konnte der junge Markomanne sicher nichts anfangen. Außerdem war von Vorteil, dass sowohl Chatten als auch Markomannen die Dialekte des anderen Stammes gut verstehen konnten. Das würde auch bei der Verhandlung mit dem Häuptling nützlich sein, falls sie je dahin gebracht würden. Zunächst verlangte der Markomanne: „Legt eure Waffen ab, dann bringen wir euch zu Erkmar unserem Häuptling."

„Wir sind freie Männer, ich bin Häuptling in Hirsfild. Unsere Waffen legen wir auf der Schwelle zu seinem Haus ab, nicht hier", sagte Ermin. Die beiden jungen Männer berieten sich kurz und gaben dann ihr Einverständnis. Das geschah sicher auch unter dem Eindruck der Wehrhaftigkeit der beiden Chatten, Ermin war ein großer starker Mann und Bolgur sah man an, der war stark wie ein Bär. Bei einem Konflikt hätte es für die beiden jungen Männer nicht gut ausgesehen. Ein dritter Markomanne kam dazu, der mit einer Botschaft für den Häuptling davon rannte.

Zum Haus des Häuptlings war es noch ein längerer Fußweg, es war ein großes Dorf. Der Häuptling bewohnte ein Langhaus mit einigen Vorratshäusern rundum. Rinder und Schafe auf der Weide zeigten, er war wohlhabend. Die beiden Chatten legten ihre Waffen auf seiner Schwelle ab, was ihnen Sicherheit gab, dass sie nicht geraubt würden.

„Ich bin Erkmar, Häuptling in unserem Dorf. Wer seid ihr und wo kommt ihr her?", fragte er. „Ihr seid nicht von unserem Stamm, was wollt ihr hier?" „Wir sind Chatten und kommen in friedlicher Absicht. Unserem Dorf ist großes Unrecht geschehen, wir sind überfallen worden und erbitten deinen Rat."

Erkmar befahl seinen beiden Männern wache zu halten und führte die Besucher in seinen Hof zu einem überdachten Platz, wo sie sich auf eine Bank setzen konnten. Sie hatten einen guten Eindruck von dem Häuptling. Ermin hielt ihn für einen klugen, überlegten Mann, dem man vertrauen konnte. Er rief eine Magd, gab den Auftrag einen Trank für die Besucher zu bringen. Zwei große Becher mit Bier und ein Krug zum Nachfüllen wurden gebracht. „Erzählt mir eure Geschichte von dem Überfall, bleibt aber bei der Wahrheit", sagte Erkmar.

Ermin schilderte den Überfall und den Schaden, den die Räuber angerichtet hatten. „Und was ist mit den Räubern geschehen?", fragte der Häuptling.

„Wir haben sie verfolgt und acht gefangen genommen, die unsere Frauen und Kinder geraubt hatten. Unser Nachbardorf hat vier andere die sich im Wald versteckt hatten überwältigt. Dabei sind zwei von ihnen getötet worden. Von unseren acht Gefangenen leben noch zwei. Die Köpfe der anderen hängen als Opfer für die Götter in den Bäumen unseres Hains, wie sie es verdient haben."

„Ihr habt also noch vier Gefangene in eurer Gewalt, was habt ihr mit ihnen vor", fragte Erkmar. „Häuptling, das wollten wir mit dir besprechen und da brauchen wir deinen Rat."

„Ich habe Nachricht, dass die Hermunduren einen Raubzug in das Chattengebiet machen wollten und vermute, eure Gefangenen sind keine Markomannen."

Ermin und Bolgur waren überrascht, das würde die Situation ändern, war aber durchaus möglich, da die Gefangenen nicht nach ihrer Herkunft befragt worden waren.

„Wenn du einverstanden bist, schicke ich meinen Gefährten Bolgur zurück und er holt die Gefangenen hierher", sagte Ermin, „das kann natürlich einige Tage dauern." „Ich bin einverstanden, nur so gewinnen wir Klarheit. Sei du so lange mein Gast", entgegnete der Häuptling.

Ermin war klar, er war nicht nur Gast, sondern auch Geisel für den Fall, dass Bolgur mit Bewaffneten zurückkam und einen Überfall plante, jetzt wo er Ortskenntnis hatte. Der machte sich nach kurzer Absprache mit ihm, auf den Weg zurück nach Hirsfild. Erkmar sagte: „Ich gebe dir meinen Sohn Irvik mit, damit du sicher durch unser Land kommst. Du kennst ihn schon, er hat dich zu meinem Haus geführt."

Nachdem Irvik seine erste Schüchternheit überwunden hatte, lernte Bolgur ihn als einen klugen und aufgeschlossenen jungen Mann kennen, der ihm erzählte, sein Vater sei ein mächtiger Mann und Häuptling mehrerer Dörfer, befreundet mit dem Herzog der Markomannen. Das war eine wichtige Nachricht für Bolgur, die er an Ermin weitergeben wollte.

Irvik betrachtete scheu seine kräftige Gestalt, er hatte schon viel von den kriegerischen Taten der Chatten gehört. „Warum trägst du kein Schwert?", fragte er. Bolgur lachte: „Meine Feinde fürchten mich auch so, mein Speer hat messerscharf geschliffene Spitzen, die ersetzen mir das Schwert", war die Antwort.

## 1 3

# YAKOS RETTUNGSTAT

Wandur und Yako waren auf dem Weg zur Grenze der Markomannen. Sie wollten sicher gehen, dass sie von keinen Fremden mehr bedroht wurden und begegneten schon nach kurzer Zeit dem abgelösten Späher, der in Ermins Auftrag zu Gerold unterwegs war. Er berichtete kurz, dass sich nichts Aufregendes ereignet hätte und seine Ablösung auf dem ihm zugewiesenen Posten sei. Eilig marschierte er weiter. Bis zur Dämmerung setzten Wandur und Yako ihren Weg fort und suchten sich dann ein sicheres Nachtlager in einiger Entfernung vom Pfad.

Yako lag noch lange wach und dachte über die Ereignisse der vergangenen Tage nach. Mit einem Mal war das sonst ruhige Leben in Schwarzfeld in Aufruhr geraten. Es schien, als ob durch Wandurs Anrufe der Götter Allvater Wotan ihm und seinen Mitbewohnern zurufen wollte ´nicht einschlafen Schwarzfeld, eure Feinde schlafen auch nicht´. Er war davon überzeugt, nur so wurde noch größeres Unheil vermieden. Durch das

Blätterdach sah er die Sterne und alles erschien ihm rätselhaft, der Himmel, die Götter, Wandur. Und mit diesen Gedanken schlief er ein. Er ahnte nicht, dass eine Katastrophe nahte.

Am nächsten Nachmittag erreichten sie den Platz des Spähers. Der berichtete, dass Bolgur nach Hirsfild geschickt worden war und die Gefangenen zu dem Markomannen Häuptling bringen sollte. Das war ein Zeichen, dass Ermin mit den Markomannen eine Übereinkunft erzielt hatte. Bolgur hatten sie wohl in ihrem Nachtlager verpasst. Da sie unterwegs keine Quelle gefunden hatten, stärkten sie sich an einem Bach, den der Späher ihnen zeigte. Sie zogen weiter, um bald schon im Markomannen Land zu übernachten. Von dort wollten sie nicht weiter vordringen, sondern die Lage erkunden und einfach nur da sein, um gegebenenfalls Ermin helfen zu können.

Beide fielen in tiefen Schlaf. Yako wurde von einem Geräusch geweckt und sah die beginnende Dämmerung. Über Wandur stand ein Mann und stieß ihm ein Messer in die Brust. Mit einem Schrei kam er hoch und wurde von einem zweiten Fremden angesprungen.

Er konnte gerade noch seinen Kurzspeer hochreißen und der Angreifer stürzte mit der Brust in die Speerspitze, das Messer in der erhobenen Hand. Yako stürzte sich auf den Räuber an Wandurs Lager und schlug ihm das Ende seines Speers über den Kopf. Ein dritter Räuber der gerade Wandurs Vorratssack durchwühlt hatte, wollte sich auf Yako stürzen, doch der hatte Wandurs Schwert aus der Scheide gerissen und schlug dem gebeugt vor ihm stehenden Räuber mit einem gewaltigen Hieb den Kopf ab.

Keuchend vor Anstrengung sah Yako sich um. Zwei Angreifer lagen tot vor ihm, der Dritte war verschwunden. Er war von seinem Hieb kurz betäubt worden und dann geflüchtet, um nicht auch das Schicksal seiner Räuberfreunde zu erleiden. Er wandte sich Wandur zu und sah ihn schwer atmend an seinem Platz liegen. Er riss einen Streifen von seinem Hemd, wischte das Blut ab und bedeckte die Wunde mit Stoffstreifen.

Schritte wurden laut und Yako hielt wieder seinen Speer in Abwehrstellung. Es war der Späher, der die Schreie und das Kampfgetümmel bis zu seinem Beobachtungsplatz vernommen hatte.

Mit schreckgeweiteten Augen sah er die Räuber und Wandur auf dem Waldboden liegen. „Wandur hat Stiche in die Brust bekommen, schnell, eile zu Ermin bei den Markomannen und berichte ihm. Du triffst ihn bestimmt bei dem Häuptling, sie haben offenbar eine Einigung erzielt." Der Späher rannte davon und Yako machte eine Runde um den Lagerplatz, weitere Überraschungen konnte er jetzt nicht gebrauchen.

Wandur konnte scheinbar nicht sprechen, nur sein röchelnder Atem war zu hören. Yako war verzweifelt, was sollte er tun? Nun bedauerte er, dass er sich nie um Kenntnis von Heilkräutern bemüht hatte. Das war in Schwarzfeld wie im ganzen Chattenland Sache der Frauen. Er rupfte einige Kräuter mit gelben Blüten ab, zerrieb die Blätter zu einem feuchten Brei und verteilte diesen vorsichtig auf die Wunden. Es waren zwei Stiche wie er jetzt erkennen konnte. Wandur legte er eine Fellrolle unter den Kopf und deckt ihn zu. Damit lag er so bequem wie möglich. Er setzte sich neben ihn und achtete auf seinen Atem. „Ermin kommt und bringt Hilfe", sagte er, ohne zu wissen, ob das gehört wurde. Mehr konnte er nicht tun, er kam sich unwissend und erbärmlich vor.

Es wurde ihm bewusst, dass er auch die Umgebung nicht unbeachtet lassen durfte. Ein Angreifer war geflohen und weitere konnten im Wald unterwegs sein, also machte er in Abständen seine Runden. Die Zeit verging quälend langsam, bis die Sonne am höchsten stand, das dauerte heute gefühlt doppelt so lange wie sonst. Er versuchte Wandur etwas von ihrem Wasservorrat einzuflößen, ohne großen Erfolg.

Endlich am Nachmittag hörte er Stimmen nach ihm rufen. „Hierher, hier bin ich", rief er. Kurze Zeit später brachen Ermin und zwei fremde Krieger durch das dichte Gebüsch. Ermin kniete sofort neben Wandur nieder und besah sich die Messerstiche. „Der Späher kommt mit einer Kräuterfrau nach, sie konnten nicht mit uns Schritt halten. Bis sie hier sind können wir nicht mehr für Wandur tun. Du hast ihn so gut wie möglich versorgt", sagte er. Yako blickte voller Sorge auf den Verletzten. Er meinte, die Atemzüge wären schwächer geworden.

Ermin beauftragte die beiden Markomannen geeignetes Holz zu sammeln und Feuer zu machen. Endlich kam die Kräuterfrau, die noch jung und kräftig war und der Späher. Der wurde sofort, abgehetzt wie er war, zu seinem Lager geschickt einen Topf zu holen. Yako und Wandur hatten keinen dabei.

Die Kräuterfrau hatte einen Beutel mit Kräutern und einen kleinen Krug mit einer öligen Heilpaste bei sich. Sie säuberte die Wunden mit Wasser und rieb sie dann mit ihrem Speichel ein. Sie schmierte die beiden Einstiche mit ihrer Heilpaste zu und deckte alles mit Kräutern ab. Der Verband war Ermins Sache, denn es mussten erst Streifen von den Kleidern der beiden getöteten Räuber gerissen werden, mit denen man die Wunden bedecken konnte.

„Du bist eine tüchtige Heilerin, sag mir Deinen Namen", sagte er: „Runa ist mein Name", sagte sie, „euer Freund ist schwer verletzt, es wird große Mühe kosten, ihn am Leben zu erhalten. Ich will jetzt noch einen Heiltrank bereiten." Die beide Markos hatten inzwischen ein Feuer entzündet. Als der Späher mit dem Topf zurück kam machte sich Runa an die Arbeit. Die Kräuter für den Sud hatte sie in ihrem Beutel, schon bald stieg ein bitterer Geruch von dem Trank durch das Lager.

Der Späher warf sich vollkommen erschöpft auf den Waldboden. Er hatte mehr als die doppelte Entfernung als der Rest der Gruppe heute in größter Eile zurückgelegt.

Die beiden Markomannen schleiften die Leichen der beiden Räuber in die benachbarten Büsche, den abgeschlagenen Kopf hängten sie in einen Baum neben dem Lager. Ein Opfer für die Götter.

# 14
## DER TAUSCH

Bolgur hatte in großer Eile die Gefangenen aus Hirsfild geholt und von Schwarzfeld aus, den Rückweg zu den Markomannen angetreten. Die vier Gefangenen und zwei Männer aus Hirsfild nahm er mit, außerdem war ja noch Irvik dabei, der ihn begleitet hatte. Gerold blieb in Schwarzfeld, die Räuber konnten schließlich zurückkommen, um nach ihren verschollenen Männern zu suchen.

Die vier Gefangenen waren in einem erbärmlichen Zustand. Sie waren mit Stricken um den Hals zusammengebunden, die Hände auf den Rücken gefesselt. Man sah ihnen an, dass sie am Ende ihrer Kräfte waren. Bolgur berührte das nicht, er trieb sie voran, an ihrem Schicksal waren sie selbst schuld. Sie konnten froh sein, dass sie noch lebten.

Sein Ziel war, möglichst schnell zu Ermin zu kommen, um die Gefangenen abzuliefern. Was dann mit ihnen geschah war Sache der Häuptlinge. Irvik bestätigte

Erkmars Vermutung, das waren keine Markomannen, das waren räuberische Hermunduren, die im Chattengebiet mit leichter Beute gerechnet hatten. Trotz aller Eile mussten sie zweimal übernachten, ehe sie am darauffolgenden Mittag den grausigen Totenkopf erreichten, den Gerold hier aufgestellt hatte.

Bolgur schickte Irvik voraus, um den Weg erkunden. Der kam schon bald zurück, er hatte Ermin mit seiner Gruppe getroffen. Bolgur erfuhr von Ermin die letzten Ereignisse. Er unterhielt sich mit Yako, der immer noch recht mitgenommen aussah, erschrocken sah er den verletzten Wandur.

Bolgur bewunderte Yako, welch tüchtiger Krieger er doch in kurzer Zeit geworden war. Genau so dachten die beiden Markomannen und auch Irvik. Wenn die Chatten schon in jungen Jahren solche Taten vollbringen konnten, dann waren ihre Krieger unüberwindbar. Er hatte gegen drei Räuber gekämpft und zwei davon hatten seiner Kraft nicht widerstehen können, sie waren nicht mehr am Leben.

Ein neuer Besucher kam in ihr Lager, es war Erkmar mit einem seiner Männer. Ermin berichtete ihm was geschehen war und auch Erkmar bewunderte Yakos Tat: „Bei Runa ist euer Seher in guten Händen, sie hat schon manchen arg Verwundeten geheilt", sagte er.

Runa hatte ihren Heiltrank bereitet und flößte ihn Wandur in kleinen Schlucken ein. Es war noch keine sichtbare Besserung bei ihm eingetreten, aber er atmete regelmäßig und nannte auch schwach vernehmbar Yakos Namen. Yako kniete sich neben ihn nieder: „Ich bin hier, mir geht es gut", sagte er, ohne erkennbare Reaktion von ihm. Runa erneuert seine Kräuterverbände und ging dann in den Wald, um neue Kräuter zu sammeln. Ermin schickte einen der Markomannen mit, Feinde waren nah, das hatte der Überfall auf Wandur und Yako gezeigt.

Die Gefangenen wurden an benachbarte Bäume gebunden, Erkmar befragte sie: „Ich bin Erkmar Häuptling der Markomannen. Seid ihr Hermunduren?", und erhielt mit schwacher Stimme die Antwort: „Ja, wir sind vom Stamm der Hermunduren, unser Anführer und andere Krieger wurden von den stinkenden Chatten ermordet."

„Gebt ihnen Wasser zu trinken, wir brauchen sie bei Kräften", befahl er seinen Männern und sagte zu Ermin: „Du willst sie uns übergeben, nun nenne uns deine Forderungen."

„Wir wollen mit euch in Frieden leben, das ist unser Wunsch. Aber ihre Strafe müssen die Räuber erhalten, damit ihnen die Lust auf weitere Raubzüge vergeht."

„Ich werde sie unserem Herzog übergeben, der mag sie als Sklaven verkaufen und mit ihm verabreden, dass wir eine Abordnung zu dem Herzog der Hermunduren schicken, um für die Zukunft Räubereien an unserer und eurer Grenze zu verhindern. Andernfalls wird unser Herzog ihnen Krieg androhen. Bist du damit zufrieden?" Ermin bestätigte ihm das, was sollte er anderes fordern? Mehr konnte er nicht erreichen.

„Der Hermunduren Herzog wird sowieso nicht gut auf seine Männer zu sprechen sein, wenn sie schon auf Raubzug gehen, will er an der Beute beteiligt werden. Hier gab es keine Beute nur zwölf tote oder gefangene Krieger, das wird ihn sehr ungnädig stimmen." Ein Handschlag und damit war der Handel zwischen den beiden Häuptlingen abgemacht. Ermin würde auch seinem Herzog berichten. Ob der die Angelegenheit gutheißen würde, musste er abwarten.

„Bringt sie in unser Dorf und bewacht sie, wir werden sehen, wann wir sie dem Herzog ausliefern", war Erkmars Anweisung an zwei seiner Leute. „Ich biete euch mein Haus für bessere Pflege eures Sehers", bot er an. Ermin dankte, er wollte Wandur nach Schwarzfeld bringen. „Bitte gib mir Runa mit, sie kann dort bei Wandurs Frau wohnen, ich werde sie sicher wieder nach Hause geleiten." Erkmar sprach kurz mit Runa und gab dann sein Einverständnis.

## 15
## ZURÜCK NACH SCHWARZFELD

Wandur musste getragen werden, dafür fertigten sie mit Hilfe der Markomannen eine Trage aus zwei kräftigen Stämmen und biegsamen Querstreben an. Drei der Markomannen wollten freiwillig das halbe Wegstück mitgehen, einer davon war Irvik. Ermin verabschiedete sich von Erkmar und dankte für seine Hilfe und sein Verständnis für die Belange der Chatten.

Er war erfreut, dass Runa mitging. Seine Frau war vor zwei Wintern bei der Geburt eines Sohnes samt diesem gestorben und er brauchte dringend eine tüchtige Gefährtin für seinen großen Hof. Die beiden Mägde und der Knecht waren tüchtig, aber für das Haus fehlte ihm eine Gefährtin, eine wie Runa. Er beobachtete sie und bewunderte ihre Geschicklichkeit und ihren Fleiß, mit dem sie Wandur versorgte. Er wollte in Schwarzfeld mit ihr sprechen, immerhin konnte sie ja einen festen Gefährten haben, bei dem sie bleiben wollte. Runa bemerkte seine freundlichen Blicke, wich ihm aber aus, wenn sich Gelegenheit zu einem Gespräch ergeben hätte.

Irvik hatte sich den Platz neben Yako an den Tragestangen gesucht und sprach leise mit ihm. „Hast du ein Pferd, mit dem Du in den Kampf ziehen kannst?", „Nein, wir haben keine Pferde, nur Rinder, Schafe und Schweine. Ich möchte ein tüchtiger Bauer werden wie mein Vater. Kämpfen will ich nur, wenn uns Feinde oder Räuber bedrängen. Am meisten bewundere ich Wandur, er ist Seher und kann mit den Göttern sprechen. Er spricht auch die Sprache der Römer und will mit mir und meinem Freund Hordula zum Römerkastell. Ich hoffe er wird wieder gesund." „Du hast ihn gerettet, das wird er nicht vergessen. Hat er Söhne?", „Nein, er ist erst seit kurzem in Schwarzfeld und hat dort eine Gefährtin gefunden. Wir wissen nicht, wo er herkommt, freuen uns aber, dass er den Segen der Götter für unser Dorf erflehen kann."

Es war Zeit für einen Wechsel an den Tragestangen, dann ging es flott weiter. Ermin schickte Yako als Späher nach vorn. Auch nach der Einigung mit den Markomannen gab es keinen Grund die gebotene Vorsicht zu vergessen.

Am frühen Nachmittag wurde mit Rücksicht auf Wandur das Nachtlager aufgeschlagen. Runa kochte eine Brühe aus Kräutern und mitgeführten Fleischstücken, die sie ihrem Patienten in kleinen Schlucken einflößte. Er lag immer noch teilnahmslos und schwer atmend auf der Trage. Die Markomannen traten den Rückweg in ihr Dorf an. Irvik wollte weiter mitgehen und Ermin erlaubte es, er konnte später mit Runa den Heimweg antreten.

Am nächsten Mittag lagen dann die Höfe von Schwarzfeld im Tal vor ihnen. Ermin ließ am Waldrand halten, er ging voran, um Nelda einen Schock zu ersparen.

Nelda und Brigga waren mit Hausarbeit und den Tieren beschäftigt als er in der Tür stand und erschraken heftig, da sie ihn nicht sofort erkannten: „Seid unbesorgt, wir sind zurück von den Markos", sagte er: „Wo ist Wandur?", fragte Nelda: „Er ist verletzt, wir mussten ihn tragen. Aber wir haben eine Heilerin von Erkmar, dem Häuptling bekommen, die ihn versorgt. Wir bringen ihn jetzt zu dir."

Er gab Bolgur das verabredete Zeichen und die Männer brachten Wandur in das Haus. Mit einem entsetzten Aufschrei wollte Nelda sich über ihn werfen, aber Ermin und Runa hielten sie zurück: „Er hat Stichwunden in der Brust und braucht Schonung. Ich bin Runa und werde dir zeigen, wie er wieder gesund werden kann." Bolgur war schon auf dem Weg zu seinem Haus, Yako begrüßte seine Mutter Brigga und machte sich dann ebenfalls auf den Weg nach Hause, Irvik nahm er mit.

# 16
# RUNA

Die Heimkehrer wurden im Dorf freudig begrüßt. Mit Erschrecken hörten die Dörfler vom Schicksal Wandurs, mit schauderndem Erstaunen von den Taten Yakos. Jeder wollte die beiden sehen und die Besucher eilten zu ihren Höfen. Helmfried und Ermin beschlossen bei Besserung von Wandurs Gesundheit eine Opfergabe am Altar zu bereiten. Vorerst musste man die Besucher von Wandur fernhalten.

Yako war der Trubel eher peinlich, was er getan hatte war nicht mit Überlegung, sondern aus dem Zwang der Situation geschehen, jeder andere hätte genauso handeln müssen. Aber das sahen die Dorfbewohner anders: er hatte eine ganz besondere Tat vollbracht und er war ihr Held. Das galt besonders für seine größte Verehrerin, seine kleine Schwester Balde. Aber so richtig herzen und drücken konnte sie ihn nicht, da war der fremde junge Mann immer dabei und in seiner Gegenwart schickte sich das nicht.

Runa hatte Nelda überredet mit ihr im Wald Kräuter zu suchen, obwohl diese Wandur nicht verlassen wollte. Es war schrecklich für sie, dass er nicht mit ihr sprechen konnte. Brigga und Ermin blieben bei dem Schwerverletzten. Nelda spürte ihre Verantwortung für Wandur und machte sich zunehmend frei von ihren Ängsten. Am Beispiel von Runa sah sie welche aufopfernde Arbeit seine Pflege bedeutete und dem wollte sie gerecht werden. Natürlich musste sie viel von Runa lernen, die Kenntnis der Heilkräuter gehörte dazu. Beide nahmen einen Kurzspeer und einen Weidenkorb und machten sich auf den Weg in den nahen Wald.

Als die sie am Nachmittag mit vollen Kräuterkörben zurückkamen, hatte Brigga Wandur eine kräftigende Brühe eingeflößt und zu Neldas Freude sah er sie an und bemühte sich zu sprechen, was aber nicht so ganz gelang. Sie nahm seine Hand und sagte „Du wirst wieder gesund, Runa und ich werden dafür sorgen."

Runa wusch am nahen Bach die Kräuter und Ermin folgte ihr: „Höre mich an, ich habe dir etwas zu sagen", sprach er sie an, „ich bin Ermin, Häuptling in Hirsfild, zwei Tagereisen entfernt. Dort habe ich einen großen Hof mit zwei Mägden und einem Knecht. Was fehlt ist die Hausfrau, meine Frau ist vor zwei Jahren bei der Geburt ihres Kindes gestorben. Du gefällst mir, weil ich glaube, dass du eine tüchtige Hausfrau wärst. Deshalb frage ich dich, bist du frei und willst du mir nach Hirsfild folgen?"

Runa brach in Tränen aus und konnte zunächst nicht antworten. Ermin schwieg. „Ja, ich bin frei, aber ich hatte einen Gefährten, der mich verstoßen hat, weil ich ihm keinen Sohn gebären konnte. Jetzt lebe ich wieder bei meinen Eltern und habe von meiner Mutter, einer Heilerin, gelernt." Ermin zog die am Bach knieende zu sich hoch: „Komm mit mir nach Hirsfild, wir wollen sehen, ob wir zueinander passen." „Du willst bestimmt auch einen Sohn und vielleicht werde ich wieder verstoßen", sagte sie unter Tränen, „außerdem brauche ich die Erlaubnis von Häuptling Erkmar und meinem Vater."

„Morgen mache ich mich mit Dir auf den Weg zu Erkmar und deinem Vater", sagte er und ging zu Rodulfs Haus, traf ihn aber nicht an. Yako und Irvik begrüßten ihn „Vater ist zu Helmfried gegangen", sagte der junge Held des Dorfes und Ermin traf beide in Helmfrieds Schmiede. Er berichtete ihnen von seiner Absicht Runa zur Gefährtin zu nehmen und mit ihr Schwarzfeld zu verlassen: „Wir müssen uns überlegen wie Wandur weiter gepflegt werden kann und was wir zu Neldas Schutz tun können, solange er liegen muss."

Aus Sicht der beiden Bauern war es eine große Ehre für Runa, dass ein so mächtiger Mann wie Ermin sie zur Gefährtin nehmen wollte und es gab für sie keinen Zweifel an ihrer sowie Erkmars Zustimmung. Sie baten ihn jedoch eine Besserung in Wandurs Befinden abzuwarten, damit Runa weiter für seine Pflege da war. Ermin war ungeduldig und wollte zurück auf seinen Hof, seine ordnende Hand war auch im Dorf notwendig. Glücklicherweise war Gerold, sein Vertrauter wieder dort. Er entschloss sich zunächst ohne Runa nach Hirsfild zu gehen und in einigen Tagen zurückzukommen. Irvik wollte er mitnehmen.

Runa hatte inzwischen den beiden Frauen von Ermins Antrag berichtet und diese hatten sie beglückwünscht. Für sie selbst war es eine noch offene Frage, ob sie ihr Heimatdorf verlassen wollte. Als Ermin dann kam und die Verzögerung ihrer Rückkehr mitteilte, war sie erleichtert, das waren Tage Bedenkzeit für sie, während denen sie sich auch mit Brigga und Nelda besprechen konnte.

Ermin wies die Frauen an, bei der Eingangstür eine Schlafstelle für einen Wachtposten einzurichten, dort sollte abwechselnd einer der Männer aus dem Dorf schlafen. Am nächsten Morgen verabschiedete er sich und im Beisein der beiden Frauen nahm er Runa in den Arm und drückte sie liebevoll. Das war sein Zeichen, dass er Runa als seine Gefährtin haben wollte. Irvik hatte zugestimmt ihn nach Hirsfild zu begleiten, eine Wahl blieb ihm sowieso nicht, wie konnte er als Jüngling dem Häuptling etwas abschlagen und beide machten sich auf den Weg.

Für Brigga war es Zeit sich wieder um ihr eigenes Haus zu kümmern und sie ließ Nelda und Runa mit dem Verletzten allein. Bolgur schickte seine Söhne Jodolf und Ernal, die für den Rest des Tages am halb fertigen Vorratshaus weiter bauen sollten. Jodolf wollte dann auch die erste Nachtwache übernehmen.

# 17
## WANDURS HEILUNG

Rodulf hatte sein Versprechen Yako ein Geschenk zu machen, nicht vergessen. Er fragte Helmfried: „Kannst Du ein Schwert für Yako schmieden?" „Das Schmieden ist keine kleine Arbeit, die Beschaffung des Materials ist schwierig. Komm mit, wir wollen sehen, ob ich etwas geeignetes vorrätig habe." Sie gingen um sein Haus herum und er zog aus einem Metallstapel ein längliches Stück Roheisen heraus.

„Das ist von der Länge her geeignet, nur die Härte stimmt nicht. Es ist ein Stück Roheisen und ich muss es veredeln sonst bricht es beim ersten Schlag auseinander." Die Veredlung des Eisens erforderte eine aufwendige Wärmebehandlung und dafür waren Holzkohlen notwendig. Helmfried hatte einen Vorrat davon, aber der hielt nicht ewig. Sie beschlossen die beiden Söhne Hordula und Yako zum Holzeinschlag in den Wald zu schicken. Dort sollten sie unter Helmfrieds Anleitung einen Kohlenmeiler aufschichten.

Yako wusste, ein Schwert für ihn sollte entstehen und war eifrig dabei. Yakos jüngerer Bruder Sanolf und Bolgurs Sohn Hegard wollten mit und freuten sich schon auf ungebundene Tage im nahen Wald. Daraus wurde aber nur teilweise etwas, sie wurden nämlich für den Transport der leichten Baumstämme zum Sammelplatz mit eingespannt. Daraus würde der Meiler auf etwa Mannshöhe aufgeschichtet werden. Das machte den beiden Jungs zunächst mächtig Spaß, aber am nächsten Tag wollten sie schon nicht mehr mit, es war schwere Arbeit.

Nachdem genügend Holz geschlagen war, wurde der Meiler in der Nähe des Baches aufgeschichtet, mit Heidekraut und Moos abgedeckt und dann angezündet. Das war allerdings Helmfrieds Arbeit, genauso wie die Überwachung des Meilers. Der durfte nicht brennen, nur glühen für die Herstellung der Holzkohle.

„Warum machst du das Feuer nicht einfach mit Holz?", fragte Yako. „Holz gibt nicht genügend Hitze, bringt das Eisen nicht zur Rotglut und schon gar nicht zum Schmelzen. Rotglühend muss es sein, wenn ich es schmiede." Es war nur ein kleiner Meiler, trotzdem würde es einige Tage dauern, bis die Holzkohle fertig war.

Helmfried gab gerne etwas von seinem Wissen und seinen handwerklichen Fertigkeiten weiter an das junge Volk. „Wird Hordula einmal mein Nachfolger als Dorfschmied, oder wird er ganz andere Wege gehen?", fragte er sich.

Das Schmiedefeuer war zu klein, um den Eisenrohling auf ganzer Länge zu erhitzen, deshalb heizte Helmfried seinen Schmelzofen an, in dem er schon kleinere Mengen Roheisen aus Erz erschmolzen hatte. Der Ofen war am ansteigenden Ufer des Baches so gelegen, dass der Wind in das Feuerloch hineinblies und die Flammen entfachte.

Der Schwertrohling wurde in den Ofen hineingeschoben und mit Holzkohle bedeckt.

„Das Eisen muss die verbrannte Kohle aufnehmen damit es hart wird", erklärte er den Zuschauern, darunter die beiden Gehilfen. „Das muss ich mehrmals wiederholen und das Eisen tüchtig hämmern. Dabei kann es auch geformt werden." Spätere Generationen nannten das Endprodukt dann Stahl.

Zuschläger beim Schmieden waren ebenfalls seine Gehilfen, die aber bald den schweren Schmiedehammer anderen überlassen mussten. Es war eine harte Arbeit, auch für Männer. Diese Arbeit zog sich über Tage hin, Yako kam immer wieder, um ungeduldig den Fortschritt zu beobachten.

Aber noch musste er Geduld haben, ein Schwert aus Roheisen zu schmieden war eine aufwendige Arbeit für einen Dorfschmied. Das hatte er in den letzten Tagen gelernt. Aber er freute sich sehr, als dann überraschend Wandur auf einen Stock gestützt an der Schmiedewerkstatt erschien. Runa und Nelda begleiteten ihn. Seine Heilung hatte große Fortschritte gemacht und er wollte vor allem Yako sehen und ihm danken. Obwohl er durch den Blutverlust und die Atmungsbeschwerden noch sehr schwach war, konnten die beiden Frauen ihn nicht von seinem Ausflug abhalten.

Yako lief ihm entgegen, strahlend vor Glück und Wandur umarmte ihn und sagte schwach vernehmbar: „Mein Retter." Die Frauen führten ihn zu einem Holzklotz als Sitzplatz und die anwesenden Dorfbewohner wünschten den Segen der Götter für eine vollkommene Heilung. Es war aber deutlich zu sehen, seine Kraft reichte noch nicht für einen längeren Aufenthalt und so machte er sich wieder auf den Heimweg, gestützt auf Rodulf und

Yako. Er sagte zu Yako: „Ich danke dir für deine tapfere Tat, kein anderer hätte dich hierbei übertroffen. Ich wollte dir dafür das Schwert schenken, welches du so tüchtig zu meinem Schutz gebraucht hast, aber wie ich höre, bekommst du eins von deinem Vater. Meines hätte ich dir nicht geben können, es ist mir von Ermin geschenkt worden und weiter verschenken bringt dem Träger Unglück und den Zorn Wotans. Du wirst aber von mir eine schöne Dankesgabe erhalten." Yako drückte ihm die Hand und war berührt. Der immer noch Kranke sank auf sein Lager zurück, Zeit für die Männer zu gehen. Auf dem Weg nach Hause unterhielten sich Vater und Sohn über die hervorragende Pflege, welche Runa und Nelda hier leisteten.

Die Freude über Wandurs Heilung war groß, das neue Schwert konnte warten, Helmfried brauchte Zeit. Schon am nächsten Tag kamen weitere gute Nachrichten. Rodulf hatte gesehen, wie er sich auf einen Klotz vor das Hoftor gesetzt, mit dem Hofhund geschimpft und Nelda gekniffen hatte, als sie vorbeikam. Deutliche Zeichen fortschreitender Gesundung.

# 18
## DIE ZWEIKÄMPFE

Für das ganze Dorf gab es keine bessere Nachricht, alle waren sich bewusst wie wertvoll er für ihre Gemeinschaft war. Er war nicht nur der Seher, der Wissende mit seinem Zugang zu den Göttern, er war auch ein kluger Ratgeber im Alltag, ein überlegter Anführer bei gemeinsamen Unternehmungen. Das Dorf hatte ihm etwas zurückgegeben, einer der ihren, Yako hatte ihm das Leben gerettet. Damit war für die Bewohner klar, er würde dauerhaft bleiben, wenn ihn nicht sein „dunkles Geheimnis", wie es genannt wurde, eines Tages zwingen würde, sie zu verlassen. Dabei war nicht einmal sicher, dass es ein solches schicksalhaftes Geheimnis überhaupt gab.

Am liebsten wäre es ihnen gewesen, wenn er sie alle an sein Herdfeuer gerufen und aus seinem Leben erzählt hätte. Es begann aber eine arbeitsreiche Zeit, dieser Wunsch geriet wieder in Vergessenheit. Man freute sich, wenn er auf seinem Acker, seinen Wiesen war, anfangs auf einen Stock gestützt aber bald schon mit der Tagesarbeit beschäftigt wie jeder andere auch.

Trotz aller Erleichterung über das glückliche Ende des Überfalls und seine Folgen, leichtsinnig wollte man nicht werden und so schickte Bolgur seinen ältesten Sohn Jodolf auf eine Erkundungstour. Er sollte sich einen Gefährten mitnehmen und in großer Runde das Dorf aufmerksam umrunden, bei Gefahr schnellstens zurückkommen. Yako war bereit mit ihm zu gehen und mit Proviant für etwa drei Tage machten sie sich auf den Weg. Speere sowie Pfeil und Bogen nahmen sie mit.

Ihr Weg führte sie Richtung Grenze zu den Markos. Einiges war ihnen schon bekannt, Yako allzu bekannt, schreckliche Erinnerungen quälten ihn. Jodolf stieß ihn an und sagte: „Wenn du Angst hast, gehen wir wieder zurück." Das war nicht so ernst gemeint, hatte aber die beabsichtigte Wirkung, unser junger Held war erst mal geheilt. Unheimlich wurde es als man an dem Totenkopf vorbeikam, der an der Stelle der Verwundung von Wandur im Baum hing und auf sie mit verzerrten Zügen herabsah. Ihr erstes Nachtlager richteten sie in gehöriger Entfernung ein.

Ein Feuer war riskant, es konnten ungebetene Gäste anlocken. Ein über dem Feuer angeröstetes Stück Dörrfleisch gab schließlich den Ausschlag, sie machten ein kleines Feuer. Trocknes Holz und kleine Flamme sorgten für wenig Rauch und nach dem sie sich gestärkt hatten, verbrachten sie eine ruhige Nacht. Am nächsten Morgen jagten sie einer Kräuterfrau einen tüchtigen Schreck ein, als sie diese mit ihren Speeren bedrohten und nicht weiterziehen ließen. Als sie ihr den Weg freigaben, rannte sie schluchzend davon.

Unsere beiden jungen Helden freuten sich über ihren gelungenen Streich, bekamen jedoch schon kurz danach die Quittung für ihre Unbedachtheit. Drei Markomannen in ihrem Alter aus dem nahen Dorf stürmten auf sie zu und bedrohten sie mit ihren Waffen. Erst als sie Erkmar und Irvik erwähnten, wurde die Stimmung friedlicher, aber die Burschen forderten sie zum Zweikampf, weil sie in ihr Gebiet eingedrungen waren.

„Einer von euch muss einen Ringkampf gegen den Stärksten aus unserem Dorf machen, der steht hier, der andere muss gegen mich im Bogenschießen bestehen", sagte der Kleinere der beiden, „wenn wir gewinnen, bekommen wir eure Waffen."

„Unsere Waffen geben wir euch nicht, wir haben einen Auftrag von unserem Dorf und brauchen sie, aber wenn ihr einen Wettkampf wollt", er sah Jodolf fragend an, der nickte, „könnt ihr haben. Danach werden wir aber weiterziehen, wir dürfen keine Zeit verlieren." Beide wussten, das war keinesfalls im Sinn ihrer Väter, sie hatten eine ganz andere Aufgabe, aber jetzt kneifen, nein. Die Rollenverteilung zwischen den jungen Männern aus Schwarzfeld war klar, der wie sein Vater bärenstarke Jodolf musste ringen, Yako mit Pfeilen schießen.

Damit wollten die Markojungen anfangen. Der schmalere der Beiden, später nannten sie ihn Nagezahn wegen vorstehender Zähne, schritt eine Strecke von 30 Schritt ab und befestigte seine Gürtelschnalle an einem Baum. „Jeder hat drei Pfeile, wer mehr Treffer hat, hat gewonnen. Du fängst an", sagte er zu Yako. Der war nicht bange, er wusste seine Pfeile trafen ihr Ziel.

Er legte an, spannte den Bogen und „Bing" hörte man die Pfeilspitze auftreffen. Als nächster kam Nagezahn und traf auch, er war zweifellos ein geübter Bogenschütze,

Glück gehörte schon dazu gegen ihn zu bestehen. Nach drei Schüssen hatte jeder drei Treffer. „Ein Entscheidungsschuss", rief der andere Marko, später nannten sie ihn Rotbart. Nagezahn wollte als Erster drankommen und Yako war es recht. „Ist mir egal, ich gewinne doch. Die vier ist meine Glückszahl, das weiß ich von unserem Seher."

Er wollte Nagezahn nervös oder wütend machen. Der legte an, spannte die Sehne bis zur Nasenspitze, ließ den Pfeil fliegen und… daneben, kein „Bing". Wütend warf er den Bogen auf die Erde, aber der andere hatte ja auch noch nicht getroffen. Yako legte an, spannte den Bogen, Pfeil ab und „Bing", getroffen.

Der erste Wettkampf war gewonnen, Yako drängte zur Eile, wenn erst noch mehr Jungs kommen, kann es noch schlimm für uns werden, dachte er.

Jodolf hatte jetzt eine schwere Aufgabe, sein Gegner Rotbart war etwas kleiner als er, aber ein wuchtiger Kerl, dem man seine unbändige Kraft ansah. Beide Kämpfer zogen ihre Oberkleid aus und warteten auf das Startsignal. Nagezahn nahm es für sich in Anspruch und sagte: „Wer den anderen auf den Boden wirft hat gewonnen. Fangt an."

Rotbart zögerte nicht und sprang Jodolf an, der ihm ausweichen konnte und seinerseits angriff. Er wollte ihn vom Rücken her umklammern, aber das gelang nicht, Rotbart schüttelte ihn einfach ab. Schließlich gelang es dem Marko, sich an Jodolfs rechtem Arm festzuklammern, er versuchte ihn umzureißen. Nun war das bei seinem Gegner nicht so einfach wie er das wohl von anderen Dorfjungen gewöhnt war. Jodolf packte ihn mit dem anderen Arm am Hals, kam hinter ihn zu stehen, hebelte ihm das Kinn hoch und warf ihn mit gewaltigem Schwung zu Boden. Rotbart blieb eine kurze Zeit liegen, bis er wieder Luft bekam, dann stand er auf. Der Kampf war so in kürzester Zeit entschieden.

Rotbart verschwand sofort im Busch, Nagezahn drohte mit der Faust: „Wir rechnen noch ab, ihr werdet wieder von uns hören", und verschwand ebenfalls mit dem dritten Marko. Unsere beiden Kämpfer rafften ihre Sachen zusammen und eilten davon. „Nichts wie weg, bevor die mit Verstärkung zurückkommen", sagte Yako.

Sie rannten in Richtung Schwarzfeld, schlugen aber nach einiger Zeit einen Bogen, um ihre Runde fortzusetzen. Falls sie verfolgt würden, konnten sie die Verfolger so in die Irre führen. Sie überquerten den Schwarzbach und ihr Weg führte sie gegen Abend in die Nähe des Pfades nach Hirsfild, kein Grenzland mehr, aber Räuber konnten sich überall herumtreiben.

Hier suchten sie sich einen versteckten Platz für das Nachtlager. Ein Feuer zu machen, wagten sie nicht, den Rauch roch man über eine größere Entfernung. Nach der Hetze des Tages kamen sie zunehmend zur Ruhe.

Yako schlug Jodolf auf die Schulter: „Du hast großartig gekämpft, das hat Rotbart nicht erwartet", sagte er. „Und du bist der Meisterschütze mit dem Bogen", entgegnete Jodolf das Lob. Beide lachten, „Wie schnell Rotbart verschwunden ist. Aber Nagezahn ist gefährlich, der will sich rächen." Sie teilten für die Nacht eine Wache ein, obwohl sie damit kaum zu ausreichendem Schlaf kommen würden. Jodolf dachte, in ihm habe ich einen guten Freund gefunden und Yako dachte das Gleiche von ihm.

Am nächsten Tag erreichten sie den Pfad nach Hirsfild und trafen Ermin und Irvik auf dem Weg nach Schwarzfeld. Sie berichteten von ihrem Erlebnis mit den Markos und von Nagezahns Bemerkung, dass Erkmar nicht da sei. Das passte gar nicht zu Ermins Plänen, er wollte mit Runa zu ihm. Er beschloss aber trotzdem weiter nach Schwarzfeld zu gehen, wegen Runa.

Irvik bat mit den beiden Spähern weiter gehen zu dürfen und da sich seine Rückkehr zu seinem Vater doch verzögern würde, erlaubte Ermin es ihm. Der jubelte, für ihn war es ein Abenteuer und außerdem war er bei seinem Helden Yako. Hoffentlich geht das gut mit den jungen Leuten, dachte Ermin, aber er mochte Irvik den Spaß nicht verderben.

Nun waren aber aus den jungen Leuten doch schon Krieger mit einiger Kampferfahrung geworden und erst das jüngste Erlebnis mit den Markos, verursacht durch ihren Übermut, mahnte sie zur Vorsicht. Yako entwickelte sich Schritt für Schritt zum umsichtigen Anführer. Ermin konnte das richtig einschätzen und bevor sie sich trennten, nahm er Yako zu Seite und ermahnte ihn zu besonderer Vorsicht. Wenn dem Sohn des Markomannen Häuptlings ein Unglück zustoßen sollte, wäre Feindschaft und Krieg die Folge.

Irvik kannte die Marko Jungens und lachte über ihre treffenden Namen: „Nagezahn sucht immer Streit und Rotbart macht alles mit. Er ist der Stärkste in unserem Dorf und hat schon gegen Männer gekämpft. Jetzt hat er gegen einen Chatten verloren, das trifft ihn tief und im Dorf werden sie ihn deswegen ärgern. Nagezahn wird versuchen sich zu rächen, er wird euch mit einer Übermacht überfallen, wenn er Gelegenheit dazu bekommt."

„Das wird er nicht, wir gehen ihm aus dem Weg", versprach Jodolf. Der weitere Weg verlief ohne Zwischenfälle und am dritten Tag kamen sie bei Jodolfs Haus wieder zurück nach Schwarzfeld. Sie berichteten über ihre Erlebnisse und verschwiegen auch ihre Unbesonnenheit mit der Kräuterfrau nicht. Ernste Gesichter bei den Vätern, aber ein zufriedenes Schmunzeln über den Ausgang der Zweikämpfe war auch dabei.

## 19
## ERMIN UND RUNA

Runa hatte die Tage genutzt und sich Ratschläge bei
Nelda eingeholt, soll ich Ermin zusagen, war ihr ständiger
quälender Gedanke. Es kam aber nur eine Antwort zurück,
ja, das musst du machen, auch von Brigga, welche in
Abständen immer wieder erschien.

Die Pflege von Wandur konnte inzwischen
vernachlässigt werden, er war fast schon wieder der Alte,
hatte nur mit der Atmung noch etwas Probleme, wovon er
aber kein Aufhebens machte.

Und dann stand Ermin in der Tür, Nelda war am
Herdfeuer beschäftigt, Runa machte sich bei den Tieren
nützlich. Er begrüßte die beiden Frauen und es war
keineswegs so, dass Runa jubelnd auf ihn zugestürzt wäre,
aber sie hatte sich entschlossen und würde mit ihm gehen
als seine Gefährtin.

Das sagte sie ihm dann auch, er war erleichtert und
glücklich. „Wir gehen zusammen zu deinem Vater und
bitten um seinen Segen. Erkmar ist nicht da, es geht aber

auch ohne ihn." Das dadurch eine Katastrophe heraufbeschworen wurde, konnten sie nicht ahnen.

Wandur hatte Ermin kommen sehen und kam zum Haus. Der staunte über die Fortschritte, die seine Heilung gemacht hatte: „Bei zwei Frauen als Pflege geht es doppelt so schnell", sagte er lachend.

Ermin berichtete über die Erlebnisse der beiden Späher und man war sich einig, das sind tüchtige Jungs. Runa kannte Nagezahn und Rotbart und bestätigte Irviks Meinung. Ermin machte eine Runde durch das Dorf und übernachtete wieder bei Rodulf. Am nächsten Morgen machte er sich mit Runa und Irvik auf den Weg, denn der musste ja wieder mit nach Hause.

In Schwarzfeld ging das Leben im gewohnten Gang weiter. Yako wartete auf sein Schwert und ging zur Schmiedewerkstatt. Helmfried war ein gutes Stück vorangekommen, das Schwert war als Rohling fertig. Er konnte seine Arbeit auf Hof und Feld nicht vernachlässigen und arbeitete in Abständen daran. Er schmiedete gerade einen kräftigen Griff, der besonders sorgfältig bearbeitet wurde. Am oberen Ende des Schwertes wurde eine durchgehende Kerbe geschmiedet, in die der Griff genau passte.

Beide Teile wurden bis zur Rotglut, kurz vor dem Schmelzpunkt, erhitzt und auf dem Amboss mit einigen kräftigen Hammerschlägen verbunden. Yako musste das Schwert auf der einen Seite mit einer Zange halten, während Helmfried den Griff in die richtige Position brachte und den Hammer schwang. Die komplizierteste Arbeit war geschafft, jetzt wurde das Schwert im Bereich der Schneiden nochmals erhitzt und nur an den Schneiden im Wassertrog abgeschreckt. Die Schwertmitte ließ Helmfried langsam abkühlen. „Die Schneiden muss ich härten, die Mitte muss zäh und biegsam bleiben, sonst kann es bei einem Schlag zerbrechen", erklärte er dem zukünftigen Besitzer.

Der betrachtete stolz sein erstes eigenes Schwert, das aber noch von einer dunklen Haut überzogen war, die entfernt werden musste. „Du musst dein Schwert jetzt noch fegen, das ist eine schwere Arbeit. Am besten holst du dir Hilfe bei deinen Freunden. Steine zum Fegen liegen hinter dem Amboss", erklärte Helmfried ihm.

Es waren etwa faustgroße auf einer Seite flach geschliffene Sandsteine, die Yako dort fand. Bei einem Versuch an dem auf einem Holzbock festgespannten Schwert erkannte er, der Schmiedemeister hatte recht, das war eine sehr schwere Arbeit. „Wenn ihr fertig seid, werde ich den Griff noch verzieren und in das Schwert Runen einschlagen mit Wotans Namen."

Yako holte Hordula und Jodolf zu Hilfe und abwechselnd schliffen sie, bis die Arme lahm wurden. Am Abend war ein Fortschritt zu sehen, aber es blieb noch viel Feinarbeit übrig. Als Yako sich zur Nachtruhe auf sein Lager ausstreckte sah er in das schwach blinkende Feuer und dachte voll Bewunderung an Helmfried und seine Schmiedekunst.

Ermin, Runa und Irvik wurden im Markomannendorf mit offener Feindschaft empfangen. Erst als Irvik rief: „Das ist ein Freund von meinem Vater Erkmar", beruhigte sich die Stimmung, allerdings hatte seine Stimme kein großes Gewicht, er war ja nur ein Jüngling. Die Menge der Schreier folgte ihnen bis zu Runas Elternhaus. „Wir haben Erkmar vier Räuber ausgeliefert und Freundschaft geschlossen, jetzt komme ich wieder in friedlicher Absicht", rief Ermin ihnen zu. Sie gingen in Runas Haus und wurden von ihrem Vater und der Mutter willkommen geheißen.

„Großes Lob für eure Tochter Runa, ihr verdanken wir die Heilung unseres Sehers, der durch die Hermunduren so schwer verletzt wurde", sagte Ermin. „Ich habe sie gebeten mir als meine Gefährtin und Herrin auf meinem Hof nach Hirsfild zu folgen und", zum Vater gewandt, „bitte dich nun um deine Zustimmung und euren Segen."

Schnell verbreitete sich die Nachricht, Runa will unser Dorf verlassen und neuer Hass gegen den Fremden und gegen Runa brandete auf. Wieder versammelte sich eine Menge vor Runas Haus und abfällige, wütende Rufe wurden laut. Der Vertreter von Erkmar war hilflos, wenn er zur Beruhigung etwas sagen wollte, gingen seine Worte im Geschrei der Menge unter. Die Besonnenen unter den Bewohnern konnten sich nicht durchsetzen und so nahm das Verhängnis seinen Lauf.

Ermin trat aus dem Tor und konnte gerade noch einem gegen ihn geschleuderten Speer ausweichen, Runa die hinter ihm kam wurde von einem zweiten Speer in die Brust getroffen und brach auf der Schwelle zusammen. Entsetzt beugte Ermin sich über sie und trug sie zurück ins Haus, dort nahm die Mutter sich ihrer an.

Vor dem Haus schlug die Stimmung augenblicklich um. Das wollte keiner, Runa ihre Heilerin, die schon so viel Gutes im Dorf getan hatte, jetzt zu verletzen. Die anwesenden Männer fielen über den Speerwerfer her, drückten ihn auf den Boden und fesselten ihn an Händen und Füßen, wobei er nicht geschont wurde und Schläge ins Gesicht und an den Körper bekam. Runas Vater war vor das Haus geeilt mit gezogenem Schwert und wollte den Frevler töten, besonnene Männer hielten ihn zurück. Man schleppte ihn in Erkmars Hof und band ihn dort an einen

Pfahl, Erkmar wurde täglich erwartet, er sollte entscheiden und das Urteil sprechen.

Ermin war verzweifelt, er kniete an Runas Lager und nahm ihre Hand. Sie lächelte, atmete aber schwer. Die Mutter hatte ihre tiefe Wunde versorgt, wusste jedoch, das war keine wirkliche Hilfe, Runa wird sterben. Sie streute Asche über ihren Kopf und schlug mit den Fäusten gegen ihre Brust, so den Schmerz einer Mutter zeigend vor kommendem Unheil für ihr Kind. Irvik erschien, Ermin Trost zuzusprechen und dieser drückte ihn an seine Brust. Er verbrachte die Nacht schlaflos an Runas Lager, erst gegen Morgen übermannte ihn der Schlaf und als er dann mit dem ersten Tageslicht erwachte, atmete Runa nicht mehr, sie war ins Reich der Götter hinüber gegangen.

Erst jetzt merkte er, wie lieb er sie gewonnen hatte, wie er sich schon darauf gefreut hatte sie in seinem Haus als Gefährtin zu haben. Vor dem Dorf wurde eine Grabstelle ausgehoben. Runa wurde in sitzender Haltung in die Grube gelegt, mit dem Blick nach Sonnenaufgang. Teller, Krüge und Speisen für den Weg zu den Göttern wurden ihr beigelegt. Ermin hatte Bernsteinschmuck mitgebracht, den er ihr geben wollte bei dem Jawort des Vaters, der wurde ihr jetzt umgehängt und würde den Weg zu den Göttern mitmachen. Eine gewebte Decke wurde über sie gelegt und das Grab mit Erde bedeckt. Einen Krug für Getränke ließ man aus dem Grab heraussthen, um ihn immer nachfüllen zu können für ihren langen Weg.

Runas Eltern waren untröstlich, der Vater würde Anklage gegen den Mörder erheben, sobald Erkmar zurück war. Runa hatte einen jüngeren Bruder, zum Trost der Eltern. Ermin wusste nicht was er noch Gutes tun konnte für Vater und Mutter und beschloss zurück nach Hirsfild zu gehen. Er fühlte sich schuldig, Runa war wegen seinem Ansinnen, sie zu sich zu holen, gestorben. Was konnte er tun außer den Heimweg anzutreten? Irvik erschien abgehetzt an der Tür: „Mein Vater ist zurück, komm zu uns."

Ermin machte sich eilends auf den Weg, Runas Vater folgte. Vor Erkmar stand sein Stellvertreter: „Wie konntest du es so weit kommen lassen, du hattest meine Befugnisse und hättest rechtzeitig einschreiten müssen. Hiermit bist du abgesetzt, geh, ich will dich nicht mehr sehen." Mit hängendem Kopf verschwand der so getadelte, wohl wissend, es war sein Verschulden.

Zu Ermin sagte er: „Ich bedaure, dass unsere Freundschaft durch Runas Tod belastet wird, bitte dich aber bleib bis ich das Urteil gesprochen habe." Vater und Mutter des Täters baten um Gnade für ihren Sohn, vergebens. Erkmar sagte: „Ich werde kein Thing einberufen, euer Sohn ist schuldig an einem schweren Verbrechen, er muss sterben." Der junge Bursche bereute seine unbedachte Tat zutiefst, aber für einen Mord gab es nur eine Strafe. Er wurde in den Hain geführt und starb noch am gleichen Tag. Ermin war schon auf dem Heimweg, er wusste es war kein leichter Tod.

Als er auf Wandurs Hof ankam rief Nelda: „Wo ist Runa?" Ermin brauchte eine kurze Zeit bis er der erschrocken blickenden, antworten konnte: „Sie ist tot, ermordet, es ist auch meine Schuld." Wandur kam und sagte: „Komm rein und erzähle was geschehen ist." Nelda war auf die Knie gesunken und schluchzte, ihre Freundin die Wandur gerettet hatte, tot, nein, das durfte nicht sein. Wandur beruhigte sie und sie setzten sich auf die Bänke am Feuer. Ermin erzählte den Hergang des Dramas und die Verurteilung des Frevlers. Sie schwiegen, keiner mochte danach etwas sagen, ihre Gedanken waren bei Runa die es nun nicht mehr gab, sie waren sehr traurig.

Noch am gleichen Abend bestellte Wandur die ganze Dorfgemeinschaft zum Altar. Er, nein alle sollten die Götter um Runas Aufnahme bitten. Ein Zicklein wurde über dem Feuer am Altar geopfert und Wandur bat Allvater Wotan für die so schmählich Ermordete:

„Allvater Wotan
Gib Ruhe Runa, unserer Wohltäterin
Und Frieden in Deinen Armen.
Strafe den Frevler und segne unser Dorf."

Danach folgten Segenssprüche, die keiner verstand, doch so innig vorgetragen wurden, dass niemand bezweifelte, wie ernsthaft sie gemeint waren. Wieder nahm das Feuer, der nachtdunkle Wald und die spürbare Nähe der Götter alle gefangen. Man traf sich bei Rodulf, der eine oder andere Krug mit Bier tauchte auf, aus denen die Männer sich labten, die Frauen sprachen über Runa, ihre bescheidene Art, ihre Tüchtigkeit als Heilerin.

An ihrem Schicksal konnte keiner etwas ändern, es war nach dem rätselhaften Willen der Götter geschehen. Ermin hörte manches tröstende Wort, er konnte nichts sagen und war wie betäubt. Die ganze Tragik des Geschehens und die Größe seines Verlustes wurde ihm allzu deutlich bewusst.

Am nächsten Morgen ging er zurück nach Hirsfild, Yako und Jodolf ließen ihn nicht allein ziehen, sie begleiteten ihn, wollten Gerold besuchen, Leute kennen lernen und vielleicht ergab sich dort ja Gelegenheit zu ersten Kontakten mit einer zukünftigen Gefährtin, die in Schwarzfeld fehlte.

## 2 0
## DAS SCHWERT

Helmfried hatte zusammen mit Hordula den Kohlenmeiler gelöscht die Kohle an seinem Haus gelagert, seinen Vorrat wieder ergänzt.

Am Schwert hatte er gearbeitet, es war fertig. Als Letztes hatte er den Handschutz am Griff angebracht, den Griff mit Kupferringen verziert, die blanke Klinge geschärft und mit einer Speckschwarte eingerieben. Es war ein Prachtstück und ähnelte den römischen Kurzschwertern, jeder Herzog oder Häuptling hätte es gerne als Eigentum gehabt, davon waren die neugierig erschienenen Männer des Dorfes überzeugt. Was noch zu tun blieb war, die Runenzeichen für Wotan und für Thor auf den beiden Seiten eizufügen.

Garda und Brigga hatten ein Wehrgehänge aus Leder gefertigt und mit Verzierungen versehen, dazu kam als Helmfrieds Beitrag eine Scheide aus Hirschfell, doppelt zusammengelegt und mit Nieten aus Kupfer vernietet, prächtig anzusehen. Helmfried wollte es Rodulf übergeben, zur Weitergabe an den glücklichen späteren Besitzer, doch der wehrte ab: „Wir übergeben es gemeinsam im Hain am Altar, dort kann Wandur es auch segnen." Was fehlte war Yako, der ja mit Ermin und Jodolf nach Hirsfild gegangen war. Für die Zusammenkunft danach war in Rodulfs Haus vorgesorgt, ein Krug mit Met und mehrere große Bierkrüge wurden vorbereitet.

Über die Bezahlung wurde man sich schnell einig. „Was willst du für deine Arbeit haben?", fragte Rodulf. Es war keine kleine Arbeit gewesen, er wollte ihn gut entlohnen. „Gib mir für dieses Jahr das Gras deiner Wiese am Bach, ich habe für den Winter zu wenig Futter, damit bin ich zufrieden. Yako hat für alle im Dorf die Räuber bekämpft und Wandur gerettet." Rodulf war auch zufrieden, für seine meisterhafte Arbeit gab er ihm noch ein Schaf dazu.

Yako und Jodolf kamen zurück und am darauffolgenden Abend versammelte sich die Dorfgemeinschaft am Altar. Wandur hatte von Rodulf das Schwert erhalten und brachte es mit, außerdem ein Huhn als Opfer. Ein loderndes Feuer wurde auf den Altarsteinen angezündet und die Zeremonie lief wie gewohnt ab. Wandur rief Yako zu

Schwert

sich, bedankte sich für seine mutige Tat, die ihm das Leben gerettet hatte und übergab dem ungläubig staunenden das Schwert, nun sein Schwert. Er war sprachlos über sein blitzendes Eigentum und das Gehänge mit Gürtel und Scheide, verziert mit rot gefärbten Lederstreifen und Münzen. Dann rannte er zum Vater und zu Helmfried, drückte und umarmte sie, stammelte seinen

Dank. Rodulf wies ihn an die Mutter und an Garda, die auch ihren Beitrag geleistet hatten.

Brigga betrachte voll Sorge den begeisterten Sohn, dachte an die Zukunft, an den Zweck des Schwertes und sah große Gefahren auf ihn, den jungen Mann zukommen, wusste aber auch, dass jetzt keine Gelegenheit war darüber zu sprechen. Rodulf lud in sein Haus und sie eilte zu ihren Pflichten, wo ein Feuer brannte und die Dorfbewohner auf den Bänken Platz nahmen.

Nachdem alle mit Getränken versorgt waren, sagte Wandur, der es Yako nicht allzu leicht machen wollte, zu ihm: „Du musst jetzt aufstehen und uns sagen was du über dein großartiges Geschenk denkst und wie du es gebrauchen willst." Das war für den jungen Mann eine schwere Aufgabe, noch dazu kam sie ja ganz unverhofft. Er stand auf, brachte zuerst kein Wort heraus und dann: „Das Schwert ist schöner als ich es mir vorstellen konnte, ich danke euch allen, besonders Helmfried und Vater. Was ich damit in der Zukunft mache, weiß ich noch nicht, aber unser Dorf will ich beschützen und Feinde abwehren." Dann setzte er sich wieder, anstrengend solch schlaue Sachen zu sagen. Beifälliges Gemurmel in der Runde, er hatte die Prüfung bestanden.

Die Gespräche gingen immer noch um Runa und ihren schrecklichen Tod. Ermin wurde bedauert und Wandur wollte ihn in Hirsfild besuchen. Nur Yako und Jodolf hatten ein anderes Thema, sie hatten scheinbar ganz interessante Kontakte in Hirsfild geknüpft und besprachen, wie man diese weiter vertiefen könnte. Aber Yako bewegten auch andere Gedanken, tiefe Dankbarkeit

95

gegenüber dem ganzen Dorf erfüllte ihn, er freute sich über sein zu Hause, über die Nähe zu Wandur und nun hatte er auch noch das Schwert.

Gleichzeitig plagten ihn dumpfe Gedanken: warum hatten die Götter Wandur bestraft mit schlimmen Wunden, war der Grund sein dunkles Geheimnis, hatte er eine schwere Schuld auf sich geladen? Würde dadurch vielleicht ihr ganzes Dorf bestraft oder zerstört werden? Er wollte dem Geheimnis auf die Spur kommen, nicht zuletzt, um Wandur vor Argem zu bewahren. Aber wie sollte er das anfangen? Er beschloss Ermin um Rat zu fragen.

Yako

## 21
## NEUE PLÄNE

Ein schon fast vergessener Plan tauchte in den Köpfen der Männer wieder auf, der Tauschhandel mit den Römern. Noch war Wandur nicht so weit hergestellt, dass man ihm die Reise zutrauen konnte, aber vergessen wollte man das Vorhaben nicht. In jedem Haus waren Krüge und Töpfe knapp, Helmfried brauchte Metalle, die man bei den Römern eintauschen konnte.

Wandur hatte allerdings auch Vorstellungen wie man eine Töpferscheibe bauen konnte, um Tonbecher und Tonkrüge in gleicher Form, wie das bei den Römern eingetauschte, herzustellen. Aber das wäre wohl erst der zweite Schritt, zuerst musste man das notwendige Grundmaterial finden und da wusste Bolgur Rat: „Hinter meiner Wiese am Bach, gleich am Waldrand, ist eine Stelle, da ist der Boden bei Regenwetter glitschig und weich, bei Trockenheit wieder fest, aber brüchig."

„Das ist das richtige Material, deine Söhne sollen mir morgen früh einen tüchtigen Batzen davon bringen", sagte

Wandur. „Ich weiß von den Römern, das Material muss in einem Ofen gebrannt werden, wenn es hart werden soll. Ich forme Schalen und wir machen einen Versuch in Helmfrieds Ofen. Du musst wieder anheizen", sagte er zu diesem gewandt. Der nickte und widmete sich wieder seinem Krug mit Met.

Sowohl die Absicht das Kastell zu besuchen als auch der Plan mit den Tonschalen zeigte, das Dorf löste sich von dem dramatischen Geschehen der letzten Wochen. Für Wandur war besonders Neldas Verhalten wichtig, sie hatte ihren tiefen Schock überwunden, ihre äußeren Wunden waren verheilt. Sie saß neben ihm und sah zärtlich zu ihm auf: „Sogar das kannst du, Schalen und Krüge herstellen, ich möchte einen davon haben." „Du bekommst die schönste Schale, wenn es gelingt, es ist ein Versuch."

Yako hatte aufmerksam zugehört und nahm sich vor, Wandur zuzusehen beim Töpfern, sofern die Arbeit auf dem Hof es erlaubte. Arbeit gab es genug, die zweite Grasmahd stand an und das zahlreiche Vieh seines Vaters brauchte ständige Pflege. Die Bekanntschaften in Hirsfild mussten erst einmal warten. Helmfried der Geschichtenerzähler wurde aufgefordert eine Geschichte zum Besten zu geben, eine Gute Nacht Geschichte für Erwachsene. Der musste sich erst sammeln, bat dann noch um einen Krug Bier und nach kurzem Nachdenken: „Da will ich euch die Geschichte vom Schatzloch erzählen." Gespannte Stille herrschte und Yako dachte, hoffentlich fängt er bald damit an, es war eine wunderbare Abwechslung seine meist gruseligen Geschichten zu hören. Helmfried begann und alle hörten atemlos lauschend zu.

„Das Schatzloch.

Am Schwarzbach eine halbe Tagereise Richtung Sanlot ist eine gar unheimliche Stelle. Jeder der dort vorbeikommt hat schon das Raunen und Wispern von Stimmen gehört, hat im Schatten der Bäume unheimliche Gestalten gesehen, die kaum, dass man hinsah, wieder verschwunden waren. Reiter auf wunderlichen Tieren rauschten durch die Luft, so einmal ein schwarzer Geselle auf einem Ziegenbock, ein andermal eine grauhaarige Frau auf einem heulenden dreibeinigen Hund. Sie bewegten sich um einen mächtigen Baum und es geht die Sage, dass unter seinen Wurzeln ein Gold- und Silberschatz vergraben liegt, den ein Häuptling einst bei den Römern geraubt hatte. Einige Schatzsucher hatten sich schon bemüht, das Gold zu heben, immer ohne Erfolg. Entweder haben sie nichts gefunden oder sie wurden von den unheimlichen Gesellen verjagt. Einige verließ sie der Mut und sie brachen die Arbeit ab, wenn ein Geist so dicht an ihnen vorbei jagte, dass man den Luftzug spürte.

Dicht vor einem Erfolg standen zwei Burschen, die den Schatz gehoben und schon vor Augen hatten, dann aber sagte einer: „Da, der Schatz", und mit Getöse versank Gold und Silber wieder in der Erde und konnte nicht mehr gefunden werden. „Du solltest doch nicht sprechen", sagte sein Freund. Eine Regel bei der Schatzsuche ist, es darf nicht gesprochen werden.

Sie erzählten die Geschichte in ihrem Dorf und der Häuptling verbot ihnen dort wieder hinzugehen, er befürchtete die Rache der Geister, wenn man in ihr Reich eindrang. Aber wer hört denn schon auf kluge Ratschläge oder hält sich an Verbote, wenn er jung und unternehmungslustig ist? Also beschlossen zwei andere Burschen, es trotzdem noch einmal zu versuchen."

Das lange Reden hatte Helmfried durstig gemacht und er musste erst einmal einen tüchtigen Zug aus dem Krug nehmen. Yako schenkte ihm nach, das war eine spannende Geschichte und Helmfried begann wieder.

„Das hatten die Beiden sich so großartig vorgestellt, der Schatz war da, das stand fest, also würden sie ihn auch finden, aber es endete grausam."

Wieder machte er eine Pause und sagte: „So, jetzt bin ich müde und erzähle euch morgen Abend die Geschichte weiter." Das wollte er nicht, aber die Spannung erhöhen, das wollte er schon. Protestgeschrei wurde laut: „Weiter erzählen, jetzt." Er lachte und setzte seine Erzählung fort.

„In der Nacht machten sie sich mit Schaufeln auf den Weg. Der Baum war leicht gefunden, niemand war zu sehen, die Leute mieden diese Gegend. Sie hatten sich vorher ausdrücklich noch einmal zum Schweigen verpflichtet und begannen die Arbeit. Eine Frauenstimme hinter ihnen rief: „Ist das der richtige Weg nach Sanlot?" Sie sahen sich um, es war eine alte gebeugt gehende grauhaarige Frau, die einen gar jämmerlichen Eindruck machte. Einer der Burschen wollte sie stützen doch der andere hielt ihn zurück und sie setzten ihre Arbeit fort, ohne zu antworten. Schimpfend rauschte das Weiblein in Windeseile davon durch die Büsche.

Beim Graben zwischen den Baumwurzeln stießen sie auf einen harten Gegenstand, Goldmünzen blinkten und Silberschmuck kam zum Vorschein."

Pause für den Erzähler, das viele Reden machte doch sehr durstig. „Weiter Meister Helmfried, weiter", sagte Brigga und sie sprach für alle, die Spannung wuchs.

„Bis hierhin hatten sie es geschafft keine Antwort zu geben, jetzt blieb nur noch den Schatz zu heben. Einer kniete und wollte die Münzen anfassen, ein Rauschen erfüllte die Luft und ein Reiter flog auf sie zu, das Schwert gezogen und ehe sie etwas unternehmen konnten, hatte er den anderen erschlagen. Mit Donner verschwand der Schatz im Grund. Entsetzt wendete sich der Kniende zur Flucht und rastete nicht eher, bis er den Waldrand erreicht hatte. Zu Hause warf er sich zitternd auf sein Lager, er konnte die ganze Nacht nicht schlafen.

Als er am anderen Tag die Geschichte im Dorf erzählte, machten sich einige Mutige bei Tageslicht auf die Suche nach dem Leichnam. Keine Spur von einem gegrabenen Loch, kein Leichnam war zu finden, nur die beiden Schaufeln lagen achtlos hingeworfen unter dem Baum."

Man bedankte sich bei Helmfried, er hatte wieder eine Meisterleistung im Geschichten erzählen vollbracht und alle machten sich, begleitet von unheimlichen Gestalten und Heulen in der Luft, auf den Heimweg.

Als Wandur am nächsten Morgen erwachte hatte Nelda schon die Tiere gefüttert, die Frühstücksgrütze zubereitet. Wenig später standen zwei Bolgur Jungs und Yako mit je einem Klumpen Ton an der Tür. Das Material hatte leichte Verunreinigungen von Sand und war sicher nicht ideal für die Herstellung von Bechern, Schalen und Tellern. Aber Wandur wollte es versuchen.

Er teilte den Tonklumpen und wollte zunächst mit einer einfachen Schale anfangen. Den Rest lagerte er im Haus. Das Material war noch zu hart und musste erst unter Zusatz von Wasser geknetet werden. Diese Arbeit überließ er Yako. Dann formte er aus der knetfähigen Masse eine Schale oder Teller, es konnte beides sein. Für den Rohling suchte er eine luftige Stelle im Schatten des Hauses und ließ ihn dort auf einer Stoffunterlage trocknen, seine neugierigen Zuschauer musste er enttäuschen, ein

101

schnelles Ergebnis war nicht zu erwarten. Er ermunterte die Jungs: „Jeder kann doch seine eigene Schale oder Becher formen, wir brennen das dann zusammen."

Das war der richtige Ansporn, bald standen vier geformte Teile auf seiner Matte zum Trocknen: „Kommt morgen früh wieder, ich werde aufpassen, dass keine Risse entstehen." Nelda war auch sehr gespannt wie das Experiment ausgehen würde und fragte: „Was willst du denn machen, wenn der Ton reißt?"

„Rechtzeitig Wasser zugeben und die Oberfläche glattstreichen", sagte der Alleskönner. Ihr fehlten Behälter zum Aufbewahren von Nahrungsmitteln und Vorräten, dafür waren Schüsseln aus Ton, allerdings mit Deckeln gut zu gebrauchen. Wandur nahm seine Sichel mit dem Patentstiel und ging aus dem Haus, um die nahen Wiesen zu mähen.

Als er gegen Mittag am Waldrand ankam und eine Pause machte, blickte er nachdenklich in die dicht stehenden Büsche und Buchen, die gefährlichen Erlebnisse der letzten Wochen kamen ihm wieder ins Gedächtnis. Der Wald als Freund und Nahrungsspender für die Menschen aber auch geheimnisvoll und Gefahren bergend, beides war Bestandteil des Lebens im Dorf. Die Wichtigkeit seiner Zwiesprache mit den Göttern zu ihrem Schutz wurde ihm bewusst. Er erledigte den Rest seiner Arbeit und eilte zurück zum Haus. Die Jungs und Nelda standen um die Tonrohlinge, Risse waren nicht zu sehen. Er feuchtete sie nochmals leicht an, jetzt hieß es weiter warten was den Schöpfern der Kunstwerke schwerfiel.

Wandur dachte wieder an die Töpferscheibe, ihre Becher und Töpfe würden natürlich um vieles gelungener aussehen, wenn man so etwas hätte und auch damit umgehen könnte. Das wollte er als nächstes bauen, alles aus Holz und grob behauen, funktionieren sollte es aber schon.

Bolgur kam, besah sich die Schöpfungen der Künstler, hatte aber ganz andere Sorgen: „Wildschweine haben meinen Acker am Waldrand und die Wiese umgewühlt, was kann ich tun?" „Hast du keinen Zaun?", fragte Wandur. „Den Zaun haben die Biester jetzt schon zum zweiten Mal umgerissen und auf der Jagd sind sie schwer zu erwischen, wir sind zu Wenige im Dorf, um eine ausreichende Anzahl Treiber zu stellen." Ein ernstes Problem tat sich hier auf, die Wildschweine vernichteten die Ernte und damit die Lebensgrundlage für den Winter, Abhilfe tat Not.

Wandur, wer sonst, hatte eine Idee: „Wir bauen eine Falle, fangen die Biester und haben gleichzeitig auch Fleisch, welches wir verzehren oder mit Salz für den Winter haltbar machen können." Bolgur konnte sich zwar nicht vorstellen, wie so eine Falle aussehen sollte, war aber bereit jede Art von Arbeit zu leisten, wenn ihm nur geholfen wurde. In eine Fallgrube gingen Wildschweine selten, die waren zu schlau.

„Wir müssen Baumstämme fällen und eine Fläche von ungefähr zehn Schritt mal sechs Schritt einzäunen, mit einem kleinen Tor an einer Schmalseite. Wie es weitergeht, zeige ich euch, wenn wir so weit sind. Helmfried soll aber morgen zu Hause bleiben, er muss seinen Schmiedeofen anheizen."

Bolgur sprach mit Rodulf und Helmfried und konnte sie leicht für diesen Plan begeistern, sie litten auch unter den Wildschweinen und hatten für alles was von Wandur kam volles Vertrauen. Die Männer machten sich mit Hilfe ihrer Söhne an die Arbeit, suchten in der Nähe von Bolgurs Acker im Wald eine geeignete Stelle aus und fällten Bäume.

Der Platz wurde so gewählt, dass er auf dem erkennbaren Pfad der Schweine lag.

Für das Fällen der Bäume benötigten die Männer drei Tage, danach wurde die Arbeit unterbrochen, man brauchte jetzt Wandurs Anleitung wie es weitergehen sollte und auf dem Hof musste Arbeit nachgeholt werden. Von Wandur allerdings erst mal keine Spur im Wald, der war mit seinen Tonschalen und Tellern beschäftigt.

Zur Aufnahme der Tonwaren hatte der zusammen mit Helmfried einen Rost aus Eisenstäben in den Ofen eingebaut. Sie schoben die vier Kunstwerke vorsichtig hinein und schlossen die obere Tür.

Helmfried heizte den Schmiedeofen an. Die untere Tür zur Beschickung mit Holzkohle blieb offen und musste im Auge behalten werden wegen Nachschub an Brennmaterial.

„Wir sehen uns heute Abend das Ergebnis an, dann können wir überlegen, wie es weitergeht", sagte Wandur. „Du kannst deinen Sohn als Aufpasser für das Feuer anstellen, aber sage ihm, er soll am Nachmittag das Feuer ausgehen lassen. Wir können den Ton erst aus dem Ofen nehmen, wenn er abgekühlt ist." Hordula wurde gerufen und mit seiner Aufgabe vertraut gemacht.

Am Nachmittag standen die vier Künstler, Helmfried und einige Frauen voller Erwartung rund um den Ofen. Hordula hatte keine Holzkohle mehr nachgelegt und das Feuer war langsam ausgegangen. Wandur öffnete die obere Tür, es war noch ziemlich heiß im Ofen: „Wir müssen noch warten, was ich sehen kann sieht aber gut aus." Alle drängten sich an das Feuerloch, um einen Blick auf die Tongeschirre zu werfen, die Spannung stieg und die Frauen gingen zurück an ihre Arbeit. Es war abzusehen, dass das Abkühlen doch etwas länger dauern würde, und sie beschlossen sich bei Eintritt der Dunkelheit hier wieder zu treffen.

Yako schnitt zu Hause seiner Mutter aus einem Rinderfell Sohlen und Oberleder für ein Paar Schuhe für sich und seinen Bruder, seine Mutter wollte die Schuhe nähen. Den richtigen Zuschnitt hatte er von seinem Vater gelernt, er hatte ihm bei der Arbeit zugesehen und Maß nehmen konnte er leicht an ihren Füßen.

Wandur hackte drei Bäume im Wald um und machte Brennholz für den Winter, denn der kam bestimmt mit Schnee und gnadenloser Kälte. Ungeduldig warteten er und alle am Töpfern Beteiligte auf die Dämmerung.

Yako kam und gemeinsam gingen sie zum Schmiedeofen, Nelda und Brigga schlossen sich an. Vorsichtig nahm Wandur erst seine Schale, dann die restlichen Becher aus dem Ofen. Alle drängten zu ihm hin, ist das Werk gelungen? Und dann Jubel, das sah gut aus, die Teile waren handwarm und erst bei genauer Untersuchung entdeckten sie am oberen Rand eines Bechers einen kleinen Riss, sonst war alles ohne Fehler. Die Form war einfach und sicher noch zu verbessern. Wandurs Schale hatte einen Durchmesser von gut einer Handlänge, den Rand hatten er hochgebogen und etwas gewellt. Leichte Ansätze einer künstlerischen Gestaltung waren erkennbar. Die Becher hatten etwa einen Durchmesser von einer Faust und waren auch so hoch, der mit dem Riss war durchaus noch zu gebrauchen.

Die Beteiligten gingen zufrieden nach Hause und nahmen ihre Werke mit. Wandur ließ das Thema nicht los, er wollte eine Glasur aufbringen, wie er sie bei den Römern gesehen hatte, wusste aber nicht, wie man diese anfertigen konnte. Nelda hatte eine Idee: „Ich sammle Ginsterblüten, daraus machen wir gelbe Farbe, die Glasur musst du dann anrühren. Vielleicht gelingt das mit etwas Öl und Mehl zum Binden." Wandur war verblüfft über so viel weiblichen Ideenreichtum: „Morgen machen wir einen Versuch." Er legte Ton bereit für weiter Probestücke.

Am frühen Morgen knetete er den Ton und formte noch drei Schalen und einen Becher, der sollte sein Probebecher sein. Er legte sie zum Trocknen aus, bat Nelda wegen Rissen aufzupassen und dann so zu vorzugehen, wie sie es bei ihm gesehen hatte. Dann ging er mit den Männern in den Wald, um die Wildschweinfalle zu bauen.

Der Platz, an dem die Bäume lagen, war bald erreicht und die Männer begannen damit die Seitenwände und die hintere Querwand aufzubauen. Die Stämme wurden in Längsrichtung aufeinandergestapelt und an jedem Ende zwei senkrecht eingegrabene Stämme als Halterung eingerammt. Die Arbeit ging gut voran und kurz nach Mittag war eine knapp mannshohe Umgrenzung erreicht. Die vordere Wand mit dem Tor war bis Einbruch der Dunkelheit fertig und sie machten sich an den Heimweg, müde, aber zufrieden mit der bisher gelungenen Arbeit.

Kaum war Wandur zu Hause, kam Yako mit zwei Bechern und zwei Schalen, die er vorbereitet hatte für das Brennen. Sie verabredeten, dass Yako die Arbeiten am Ofen am nächsten Vormittag übernehmen sollte, Wandur wollte wieder mit in den Wald gehen.

Für Yako war das eine verantwortungsvolle Aufgabe. Er heizte den Ofen unter Helmfrieds Anleitung an und schichtete sorgfältig das Tongeschirr auf den Rost. Jetzt galt es das Feuer und damit die Temperatur im Ofen den Tag über zu beobachten. Damit es nicht langweilig wurde schnitt er Sohlen und Oberleder für den Rest der Familie zu.

Nachmittags ließ er das Feuer ausgehen und ging zu den Männern an der Wildschweinfalle. Die waren tüchtig vorangekommen, das Tor war eingebaut und der Mittelbalken lag bereit. Die Seile zwischen Tor und Mittelbalken und das Einstellen der richtigen Höhe vom Tor und dem Mittelbalken wollten sie am nächsten Tag erledigen.

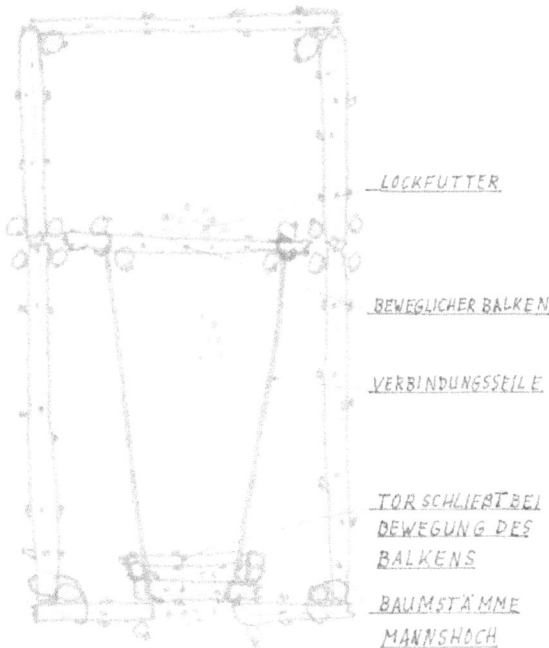

WILDSCHWEINFALLE
VON OBEN GESEHEN

LOCKFUTTER

BEWEGLICHER BALKEN

VERBINDUNGSSEILE

TOR SCHLIEßT BEI
BEWEGUNG DES
BALKENS

BAUMSTÄMME
MANNSHOCH

Wildschweinfalle

Sie setzten sich unter die Bäume, bewunderten ihr Werk und lobten Wandur für seine Idee. „Abwarten ob die

Biester auch in die Falle gehen, erst dann haben wir unser Ziel erreicht."

In der Schmiede wurden gut gelungene Tongeschirre bewundert und man verabredete sich im Wald für den nächsten Tag. Der begann mit Regen, Donner und Blitz und alle blieben zu Hause. Gelegenheit für Wandur sich mit seinem Thema Glasur zu beschäftigen. Yako erschien und sie mischten aus Wasser, Mehl, Steinsand, zerstoßenen Ginsterblüten, die Nelda am Vortag gesammelt hatte, eine gelbe Brühe, die von Nelda einmal erhitzt, zähflüssig, klebrig wurde.

Damit wurde eine Schale von Wandur eingestrichen und auf einem Stein über dem Herdfeuer erhitzt. Der Probebrand misslang, die Glasur platzte ab. Ratlosigkeit und erneuter Versuch, diesmal ließ man die Glasur an der Luft längere Zeit trocknen. Wandur widmete sich wieder seinem Holzvorrat, Yako half ihm dabei.

Am nächsten Tag war Treffpunkt an der Falle. Strahlender Sonnenschein und große Hitze wurden von dem dichten Blätterdach der Buchen in wohltuende Wärme gewandelt. In der Nacht hatten Wildschweine auf Rodulfs und Helmfrieds Feldern Schaden angerichtet. Seile wurden gespannt, das schwere Tor und der Mittelbalken auf die richtige Höhe angehoben und mit den Seilen verbunden.

Das sah richtig gut aus, würde es auch funktionieren? Wandur schickte Jodolf in die Mitte der Falle: „Du bist jetzt ein Wildschwein", alle lachten, „und reibst so an dem Baumstamm, als ob du an das dahinter liegende Futter herankommen willst. Der Stamm muss dann nach oben gehen." Yako ging mit, die Beiden rieben und drückten an dem Baumstamm, der schoss an dem schräg eingerammten Haltebalken nach oben, das Tor knallte nach unten und die beiden „Wildschweine" waren gefangen.

Wie man im Ernstfall dann mit ihnen umzugehen hatte, daran gab es für die Bauern keinen Zweifel. Zunächst wurde das Tor wieder angehoben und der Mittelbalken in seine Raste am schrägen Haltebalken eingesetzt. Die Männer machten eine Pause unter dem schattigen Blätterdach und waren sehr zufrieden mit ihrer Arbeit.

Zwei Hühner, welche Rodulf mitgebracht hatte, wurden geopfert und Wandur bat die Götter um Segen für ihr Vorhaben. Die Hühner wurden in der Falle liegen gelassen, Bolgur wollte zusätzlich Getreidekörner, Grütze und Fladenbrotreste als Lockfutter auslegen. Sie verabredeten in zwei Tagen wieder nach der Falle zu sehen.

Zu Hause kontrollierten Yako und Wandur ihre Glasurprobe, die Nelda inzwischen über dem Feuer längere Zeit erhitzt hatte.

Die Schale sah brauchbar aus, hatte einen hellen Glanz, an dem Becher war die Glasur heruntergelaufen und haftete nicht. Das Tongeschirr wurde zunächst ohne Glasur benutzt, sicher konnten sie weiteres Wissen sammeln und ihr Verfahren verbessern.

## 2 2
## DER SCHMAUS

Yako half seinem Vater das getrocknete Gras vom zweiten Schnitt zusammen zu harken. Es wurde gebündelt, auf den Rücken gewuchtet und nach Hause getragen. Sie lagerten es in einem ihrer Vorratsschuppen, während Wandur es unter dem Dach des Hauses unterbringen musste, er hatte nur einen Vorratsschuppen und den brauchte er für Getreide und die Rübenernte.

Die abgemähten Wiesen brauchten jetzt Regen, damit wieder frisches Grün sprießen konnte, Rinder und Schafe sollten auf diese Weide getrieben werden. „Yako, wir haben noch eine schwere Arbeit vor uns, wir müssen am Waldrand hinter unserem jetzigen Acker ein Feld urbar machen. Unsere Äcker müssen ein Jahr ruhen, sie sind ausgelaugt und tragen immer weniger Frucht, dir wird diese Arbeit keinen Spaß machen und dein Schwert, von dem du dich nicht trennen willst, musst du zu Hause lassen, es würde dich nur behindern.“

„Ich helfe dir gerne, Vater. Das habe ich begriffen, ohne eine gute Ernte haben wir im Winter nichts zu essen. Darf ich heute mit Jodolf zur Falle gehen, ich bin gespannt, ob wir Erfolg gehabt haben."

„Ich bin genauso gespannt, gehe nur, heute ist der zweite Tag. Ich fälle inzwischen ein paar Bäume." Yako eilte zu Bolgurs Haus und traf Jodolf, der die gleiche Absicht hatte.

Sie nahmen noch etwas Lockfutter mit in Richtung Wald. Vor dem Wildschweinpfad machten sie einen großen Bogen und näherten sich von hinten an die Falle, um die Biester nicht zu verjagen.

Mit etwas Herzklopfen schlichen sie gebückt an die Falle heran und spähten über die Stämme. Nichts zu sehen von Wildschweinen, enttäuscht blickten sie sich an, war Wandurs Idee nichts wert? Bei näherem Hinsehen entdeckten sie aber, dass das Lockfutter am Tor verschwunden war und auch ein Huhn war nicht mehr da.

Da waren bestimmt Wildschweine da gewesen, das Opferhuhn konnte auch ein Fuchs geholt haben, an die Götter glaubten die Jungs weniger als Verursacher. Geduld war angesagt, sie ergänzten das Lockfutter und wollten in zwei Tagen wiederkommen.

Yako berichtete Helmfried auf dem Nachhauseweg und eilte zu Wandur, der gespannt seinem Bericht lauschte.

„Wir müssen Geduld haben, für die Schweine riecht es dort noch allzu sehr nach Menschen, versucht es in zwei Tagen noch einmal", war sein Ratschlag.

Zeit seinem Vater zu helfen, der schon einige Bäume gefällt hatte. Yako bekam den Auftrag ein Rind anzuschirren und die Bäume zum Hof zu ziehen.

Am Hof berichtete er der Mutter und versteckte sein Schwert auf einem Dachbalken, kein Fremder sollte es stehlen, wenn er nicht da war. Mit dem Rind im Geschirr schleppte er den ersten Baum zum Hof.

Die anderen Bäume entastete er zuerst im Wald, bevor er sie zum Hof brachte. Er kam ins Schwitzen und bei dem nächsten Aufenthalt am Hof hatte ihm die Mutter einen Krug mit herrlich kühlem Bachwasser und eine Schale Grütze zur Stärkung bereitgestellt. Seinem Vater ging es genauso, er kam auch zum Hof und stärkte sich.

Yako verschwand mit dem Rind Richtung Wald und am späten Nachmittag hatte er alle Stämme zum Hof geschleppt.

„Gut gemacht, Sohn", lobte der Vater, „morgen machen wir weiter." Yako eilte zu seinem Freund Wandur, um zu sehen was der so trieb, traf jedoch nur Nelda an: „Er ist draußen auf der Wiese am Wald und will das getrocknete Gras holen." Er rannte zu ihm und sie kamen zurück, jeder mit einem tüchtigen Bündel auf dem Rücken.

Als sie vor dem Haus zusammen saßen sagte Wandur: „Mit der Glasur haben wir kein Glück gehabt, der Brand der Tontassen ist gelungen und mit der Falle habe ich noch alle Hoffnung, wir müssen nur Geduld haben. Denke daran, wie leicht wir die Biester erwischen, wenn es gelingt und welche Mühe eine Treibjagd macht, bei der ein Erfolg noch nicht sicher ist."

„Wenn es gelingt, müssen wir ein Fest feiern und Helmfried muss wieder eine Geschichte erzählen, wenn er noch eine weiß." Yako war gespannt auf ihre nächste Kontrolle der Falle, die aber leider erst in zwei Tagen sein sollte.

Wandur lachte: „Der hat Gruselgeschichten genug im Kopf, oder er erfindet neue, das kann er nämlich auch. Später wird er einmal unsere Erlebnisse mit den Räubern erzählen und den Zuhörern wird der Rücken steif werden vor Grauen."

Da hat Wandur recht, dachte Yako, soweit habe ich noch gar nicht gedacht. Wandur weiter: „Vielleicht erzählt er dann, dass nicht du mich vor den Räubern gerettet hast, sondern ein guter Waldgeist, der im Auftrag Wotans über uns gewacht hat."

„Eine gute Idee, aber noch bin ich kein Geist, sondern ein Bauersohn aus Fleisch und Blut aus Schwarzfeld und ich habe nur getan, was jeder andere auch gemacht hätte", aber innerlich war Yako doch mächtig stolz auf seine mutige Tat.

„Das glaube ich nicht, du hast schon etwas Besonderes vollbracht, ich hätte es für dich nicht besser machen können", entgegnete der Seher.

Nelda brachte für jeden einen Becher mit einem Kräutersud, die Kräuter hatte sie gesammelt und an den Hausbalken getrocknet. Sie hatte den Trank mit Honig gesüßt.

Wandur war überrascht als er probierte: „Wo hast du den Honig her und das sind ja unsere gebrannten Becher." Nelda strahlte, die Überraschung war ihr gelungen: „Wird nicht verraten, ich habe noch mehr Honig in einer Schale."

Die Wildschweinjäger waren erfreut und bedankten sich. „Ich glaube du kannst zaubern", sagte Wandur, worauf sie lachend den Kopf schüttelte. Es dunkelte und Yako eilte nach Hause.

Er konnte lange nicht einschlafen und dachte an Wandur und Nelda, wie gerne hätte er auch so eine Gefährtin gehabt. Wandurs Geheimnis tauchte wieder in seinem Kopf auf, er wälzte sich auf seinem Lager und die Mutter fragte besorgt: „Kannst du nicht schlafen, Junge?" Sie befürchtete, dass er noch unter dem Schock seiner

Abenteuer mit den Räubern litt, ihn beschäftigten ganz andere Gedanken, er wollte mit Jodolf nach Hirsfild und die dort geknüpften Kontakte vertiefen. „Mach dir keine Sorgen Mutter, ich schlafe jetzt", antwortete er und dann schlief er auch ein.

Der nächste Tag verlief wieder sehr arbeitsreich, im gerodeten Waldstück mussten etliche Baumwurzeln ausgegraben, mit Hilfe der Rinder herausgezogen und zum Waldrand geschleppt werden. Sein Vater hatte den Platz für den neuen Acker in einem lichten Waldstück gewählt, so dass auch diese Arbeit am Nachmittag erledigt war. Gar zu hartnäckige Wurzelstöcke ließ man in der Erde, da musste man später drum herum säen und ernten.

Yako brachte die Rinder zum Stall und schirrte sie ab, dann rannte er trotz Müdigkeit zu Jodolf und verabredete sich mit ihm für die Kontrolle der Falle am nächsten Tag.

Und das wurde ganz spannend. Nachdem sie sich wieder auf Umwegen herangeschlichen hatten, hörten sie schon von Weitem Grunzen und Rumoren. Gespannt blickten sie über die Baumstämme: „Zwei Riesenbiester", sagte Yako. Zwei mächtige Wildschweine hatten das ausgelegte Lockfutter gefressen und waren gefangen zwischen den Baumstämmen. „Was machen wir jetzt?", fragte er. „Wir holen Vater", antwortete Jodolf, „der kennt sich mit den Biestern aus", und sie rannten zurück zum Hof.

Bolgur staunte, war aber hoch erfreut: „Hol Helmfried, wenn er nicht da ist, gehe zu Rodulf, einer der beiden soll herkommen." Yako rannte los, Helmfried war im Wald mit Hordula, er arbeitete an einem neuen Kohlenmeiler und er informierte seinen Vater, der mit Speer und Messer ausgerüstet zu Bolgurs Hof eilte.

Gemeinsam zogen sie los und es wurde ein trauriger Tag für die beiden Schweine, sie mussten ihr Leben lassen. Am Nachmittag kamen sie zurück mit den ausgenommenen Wildschweinen, die sie auf dünnen Baumstämmen auf den Schultern trugen. Mutter Helge staunte und freute sich über den Fleischvorrat.

Für die jetzt notwenigen Arbeiten war Bolgur der geeignete Mann, er zog den Kadavern die Decke ab und hängte sie im Schatten auf eine Stange. Wandur war inzwischen auch erschienen und alle waren stolz auf seine Idee und ihre erfolgreiche Arbeit. Er ging mit Yako und Bolgurs Söhnen noch einmal zur Falle, wo das Lockfutter erneuert und Tor sowie Mittelbalken wieder auf die richtigen Positionen gebracht werden musste.

Bolgur erhielt die erste Beute aus der Falle, sie waren sich sicher, da kommt noch mehr. „Wir laden euch alle für morgen zu einem Festschmaus ein, da werden wir ein Wildschwein gemeinsam verzehren. Kommt bei Anbruch der Dunkelheit. Das andere behalten wir, ich danke euch", sagte er.

Er beriet sich mit Helmfried, ob man in seinem Ofen die Wildschwein Hälften vorgaren könnte, bevor man sie auf dem Rost briet: „In meinem Schmiedeofen geht das nicht, der ist zu klein, aber ich werde dir meinen Schmelzofen so herrichten, dass es da gelingt. Wir machen dann mit Holzkohlen ein Feuer und über der Glut garen wir nacheinander die Hälften. Einer muss aufpassen, dass nichts verbrennt und rechtzeitig wenden! Das wird dir viel Zeit auf dem Rost sparen und es schmeckt besser." Er baute einen Rost aus Eisenstangen und am nächsten Morgen wurde angeheizt, der Versuch startete.

Gewürzt wurde mit Salz und Kräuterbündeln, die in den Braten gesteckt wurden. Salz gab es genug aus den nahen

Salzgruben, man brauchte es auch zur Konservierung der Vorräte. Am Nachmittag wurden die Schweinehälften aus dem Ofen geholt und auf Bolgurs Rost weiter gebraten, dazu noch einmal mit Salz eingerieben. Es roch herrlich nach Braten, im ganzen Dorf schnupperte man nach Bolgurs Hof hin und war voller Vorfreude auf den Schmaus, Fleisch gab es nicht jeden Tag und Fleisch satt war eine seltene Abwechslung von dem Einerlei der Grütze morgens, mittags und abends.

Jede Familie brachte Brotfladen mit und ein Krug Bier stand auch in jedem Haus bereit. Met würde es heute nicht geben, Honig war knapp und für ganz besondere Gelegenheiten vorgesehen. Als Erste erschienen Wandur und Nelda, danach alle anderen, das ganze Dorf war versammelt. Baumstämme lagen als Bänke um den Rost. Jeder hatte einen Holzteller für sich mitgebracht, die Erwachsenen auch Messer, für die Kleinen mussten die Mütter oder ältere Geschwister sorgen.

Am Braten standen Bolgur und Helge und zerteilten das Fleisch. Sie hatten sich schon etliche gute Happen in den Mund gesteckt, aber jetzt waren die Gäste dran, zuerst die Kleinen mit den besten Stücken vom Rücken und Teilen von den Innereien, dann wurden alle anderen Teller gefüllt und das Schmausen begann. Bolgurs Söhne füllten die Becher, die kräftigen Bissen wurden mit einigen Schlucken herunter gespült.

„Das haben die Männer gut gemacht", sagte Helge, Brigga bestätigte das: „Dafür haben sie aber auch schon viel Unsinn und uns Frauen unnötige Arbeit gemacht."

„Ja, das stimmt", riefen die anderen Frauen. „Wenn die Frauen zusammenhalten, sind wir Männer machtlos", war Wandurs Beitrag zu dieser Diskussion. Die anderen Männer brummten nur etwas in den Bart, sie waren viel zu sehr mit ihrem Schmaus beschäftigt, jede Diskussion war überflüssig.

Yako und seine Altersgenossen hielten sich zurück, solange die Erwachsenen redeten hatten sie zu schweigen. Bei Yako war abzusehen, dass er offiziell in den Kreis der Männer aufgenommen würde, er hatte sich Verdienste um sein geliebtes Walddorf erworben, äußeres Zeichen dafür war das Schwert. Bei dem nächsten Thing von Häuptling Ermin würde er bestimmt zur Teilnahme aufgefordert.

Die Teller wurden zum zweiten und dritten Mal gefüllt, es schmeckte halt, aber erste Zeichen einer beginnenden Sättigung machten sich bemerkbar. Es wurde öfter zum Bierkrug als zum Teller gegriffen, Frauen mit Kindern waren schon zum nahen Schwarzbach gegangen, um die Hände zu reinigen, denn gegessen wurde weitgehend mit den Fingern. Von einer Schweinehälfte waren nur noch die Knochen da, die andere war etwa zur Hälfte verzehrt. Für Bolgur und Söhne endlich Gelegenheit den leckeren Fleischstücken noch einmal tüchtig zuzusprechen.

Und so blieb von dem Wildschwein nur übrig was Bolgur zurückgehalten hatte, nämlich die Rippenstücke. Er teilte sie in vier gleiche Teile, jede Familie sollte ein Teil mit nach Hause nehmen. Satt und zufrieden dachten die Dorfbewohner jedoch noch nicht an den Heimweg. Jodolf schürte das Feuer und legte neues Holz auf. Wandur dankte den Göttern mit seinen Runenstäben und einem symbolischen Opfer. Nelda hatte eine kleine Figur eines Wildschweins aus Ton geformt welche dem Feuer übergeben wurde.

Alles wartete auf eine Geschichte von Helmfried und als er aufgefordert wurde zu einer spannenden Erzählung, seufzte er: „Ich habe es befürchtet, dass ich satt, wie ich bin, jetzt auch noch was erzählen soll." Die kleine Balde

strich ihm liebevoll den Bart: „Bitte Meister Helmfried!"
„Ja, ich muss mich erst mal wieder sammeln."

„Aber von Wildschweinen erzähle ich euch nichts, da könnt ihr heute Nacht nicht schlafen", sagte er zu der Kleinen. „Doch, ich lege mich dicht neben Mutter", antwortete sie schlagfertig. Ihr wie den anderen Kindern war es egal, Wildschweine oder etwas anderes, Hauptsache eine Geschichte.

Nun hatte der gute Meister Helmfried allerdings eine Geschichte im Kopf, welche den Kindern und Erwachsenen das Gruseln nahebringen würde, mehr noch als etwas über die Wildschweine.

„Gut, dann erzähle ich euch die Geschichte vom Räuberwald und der wilden Ziese", begann er. Schweigen in der Runde, diese Geschichte kannten sie noch nicht. Nur ab und zu hörte man Geräusche, nach denen man auf völlige Sättigung des Betreffenden schließen konnte.

„Der Räuberwald.

Unser Dorf hat erst vor kurzem erlebt, wie schrecklich Räuber hausen können, aber unsere Vorfahren hatten auch ihre Plage mit Räubern. Ihr kennt den Ziesenberg der in Richtung Hirsfild liegt. Er hat seinen Namen von der wilden Ziese, die vor vielen Jahren im dahinter liegenden Wald, dem Räuberwald, gelebt hat und Anführerin einer Räuberbande war. Heute macht der Weg nach Hirsfild einen großen Bogen um diesen Berg, einen Umweg, und das hat seinen Grund.

Als die Räuber wieder einmal ein nahebei liegendes Dorf ausgeplündert und die Ernte geraubt hatten, beschloss der Häuptling in Hirsfild die Räuberplage endgültig zu beseitigen. Das war aber nicht so einfach. In dem Räuberwald lag ein großer Sumpf, mitten darin eine Insel mit festem Boden, dort hatten die Räuber ihr

Versteck. Sie hatten ein Haus gebaut darin wohnte die wilde Ziese, ihre Anführerin, man sagte ihr Zauberkräfte nach. Der Weg zu der Insel war nur den Räubern bekannt, manch ein Fremder hatte schon den Versuch dort hinauszugelangen mit dem Leben bezahlt, der Sumpf hatte ihn verschluckt.

Der Häuptling stellte Wachtposten aus, die melden sollten, wenn die Räuber wieder aus dem Sumpf herauskamen. Die ließen sich aber nicht so leicht überlisten, sondern erschlugen zwei von den Wachtposten und rührten sich erst einmal nicht."

Hier machte Helmfried eine Pause, wieder kam sein alter Spruch: „Den Rest der Geschichte erzähle ich euch, wenn wir die nächsten Wildschweine fangen." Bolgur sagte: „Du willst nur noch einen Humpen Bier haben, den sollst du bekommen." Jodolf schenkte nach und Helmfried stärkte sich. „Jetzt musst du aber auch weitererzählen", sagt die kleine Balde, die sich vor lauter Spannung an die Kleidung ihrer Mutter klammerte. Helmfried lachte und begann wieder zu erzählen.

„So geht das nicht", sagte der Häuptling zu seinen Männern, „lasst uns einen Weg aus Knüppeln bauen, auf dem wir zur Insel kommen." Mühsam wurden viele Knüppel geschlagen, auf Länge gebracht und die Männer begannen einen schmalen Weg Richtung Insel zu legen. Das blieb den Räubern nicht verborgen und sie rüsteten sich zur Flucht nach der anderen Seite der Insel.

Dieses Mal waren die Männer von Hirsfild aber schlauer. Sie erwarteten sie dort und bereiteten ihnen einen schrecklichen Empfang, alle wurden erschlagen, nur vier konnte man gefangen nehmen und brachte sie in Fesseln nach Hirsfild. Sie wurden dort von den Frauen und Jugendlichen genauso behandelt, wie wir das heute noch

119

mit Räubern machen. Geschlagen, gequält, verbrannt, aber am Leben gelassen, sie sollten an die römischen Sklavenhändler die regelmäßig in die Kastelle kommen, verkauft werden.

Der Häuptling war sehr zufrieden und wollte streng darauf achten, dass sich nicht wieder eine Bande auf der Insel niederließ. Das Haus wurde verbrannt. Nur eines machte ihn nachdenklich: die wilde Ziese war nicht unter den getöteten Räubern, wohin war sie verschwunden?"

Der Erzähler machte eine Pause und ließ den Zuhörern Zeit zum Nachdenken. „Vielleicht hat sie sich auf einen Baum gezaubert", sagte Sohn Hegard zu seiner Mutter Helge. „Das hätten die Männer bemerkt", gab diese zu Antwort.

„Weiter erzählen", scholl es aus der Runde, Helmfried wischte sich den Bierschaum aus dem Bart und erlöste die Zuhörer von ihrer Spannung.

„Die Lösung dieses Rätsels war recht einfach, die wilde Ziese hatte die langen Haare abgeschnitten, sich Männerkleider angezogen und war unerkannt unter den erschlagenen Räubern. Man warf alle an einer tiefen Stelle in den Sumpf als Opfer für die Götter.

Von dieser Zeit an wurde der Sumpf mit dem Weg nach Hirsfild zu einer gar unheimlichen Gegend. Wanderer hatten immer wieder Rufe aus dem Sumpf gehört die wie das Heulen eines Wolfes klangen."

Nach einer kurzen Pause ließ Helmfried ein langgezogenes lautes: „HUUU", ertönen und alle fuhren zusammen, blickten erschrocken in den nahen Wald. Helmfried nickte ernst mit dem Kopf: „Ja, so klang das."

„Eine ganze Zeitlang hörte man nichts von dem Räuberwald und dem Sumpf, auf die Insel ging sowieso keiner, obwohl das durch den Knüppelweg möglich war.

Auch der Weg am Sumpf entlang wurde nicht mehr benutzt, der noch heute benutzte Pfad abseits vom Sumpf stammt aus dieser Zeit.

Das ging so lange bis eines Tages zwei Holzsammler mit ihren schweren Bündeln auf dem Rücken von einem Unwetter mit Blitz und Donner im Wald überrascht wurden. Sie rannten eiligst den kürzeren Weg Richtung nach Hause und das war der Weg direkt am Sumpf vorbei. Als sie an die Stelle kamen, wo der Weg ganz nahe am Sumpfufer war, erschien aus dem Wasser der grauhaarige Kopf einer Frau und mit ihrem langen Knochenarm griff sie nach dem ersten Holzsammler. Der warf vor Schreck sein Holzbündel ab, machte einen mächtigen Satz und konnte entkommen. Er sah noch, wie der Knochenarm seinen Hintermann am Bein schnappte und in den Sumpf zerrte.

So schnell er konnte rannte er weiter und als er zu Hause ankam standen ihm die Haare zu Berge. Atemlos erzählte er seiner Frau und den herbeigeeilten Nachbarn seine Geschichte. Lange Zeit ging keiner einen Schritt in den Wald. Von dem zweiten Holzsammler hat man nie wieder etwas gehört.

Die Leute im Dorf waren überzeugt, das war der Geist der wilden Ziese, die sich rächte, für den Überfall durch die Männer des Häuptlings und es geht die Sage, dass ihr Geist bis heute ruhelos durch den Sumpf im Räuberwald irrt."

Die Zuhörer waren angetan von Helmfrieds Erzählkunst und sprachen aufgeregt über das Gehörte. Man hatte keinen Zweifel an der Wahrheit der Geschichte, das Wolfsgeheul war ja Beweis genug und Helmfried hatte es schon gehört.

Die Mütter bedankten sich bei Bolgur und Helge und machten sich auf den Heimweg. „Bei unserem nächsten Zusammensein musst du wieder was erzählen", sagten sie zu Helmfried.

Die Männer blieben noch, die Bierkrüge mussten ja leer werden: „Was machen wir mit unserer Falle?", fragte Rodulf. „Wir haben dort ziemlich Lärm gemacht und den deutlichen Geruch nach Menschen hinterlassen", sagte Wandur, „jetzt müssen wir den Biestern erst mal Zeit lassen bis wir dort wieder hingehen. Sie werden nun sehr scheu sein." „Versuchen wir es doch in vier Tagen wieder", schlug Bolgur vor und alle waren einverstanden.

Eine weitere Frage war, ob eine zweite Falle in der Nähe von Rodulfs Feldern gebaut werden sollte. Dieser verneinte: „Vorerst nicht, die letzten Tage hatten wir Ruhe und keine Schäden durch Wildschweine."

Geruhsam bei langsam erlöschendem Feuer ließ man den wunderschönen Abend ausklingen. „Bolgur, wir danken dir und Helge, morgen brauchen wir keine Grütze, das war reichlich", sagte Wandur.

„Ja,", sagte Helmfried „ich bin auch gerade so satt geworden."

Am darauffolgenden Tag zerlegte Bolgur das andere Wildschwein in handliche Stücke, die haltbar gemacht werden mussten. Die Keulen sollten in den Rauch gehängt werden, die meisten übrigen Teile wurden eingesalzen in einer großen Holzwanne in Salzlake eingelegt und so haltbar für den Winter gemacht.

Ein Teil würde bis dahin allerdings schon verzehrt sein. Für Fleisch über den Winter war gesorgt, er hatte ein im Winter schlachtreifes Hausschwein, die Familie sollte keine Not leiden.

Hausfrau Helge war zufrieden und half tüchtig mit, die Söhne begriffen welch große Bedeutung dieser Vorrat für das Überleben der Familie hatte.

Yakos Gedanken waren immer noch bei Wandur und seinem von den Dorfbewohnern vermuteten dunklen Geheimnis und er sollte schneller als gewünscht Gewissheit über diese Vermutung erhalten.

Er wollte nach Hirsfild mit Ermin sprechen, aber die Ereignisse überholten ihn. Die Männer nahmen den alten Plan zum Besuch des Römerkastells wieder auf und entschieden, dass man erst einmal nur Wandur und ihn, Yako, mit vier Schafen hinschicken sollte, um die näheren Umstände zu erforschen. Größere Tauschgeschäfte konnte man später erledigen, bei der geringen Entfernung von zwei Tagereisen.

## 23
## DAS KASTELL

Rodulf war einverstanden, die Bedenken Yako könnte in eine Kohorte gepresst werden, waren gering. Es herrschte Frieden zwischen den Chatten und den Römern, den diese auf keinen Fall gefährden wollten. Sie wussten aus Erfahrung zu gut, welch wütende Attacken sie anderenfalls erleben würden.

Wandur und Yako machten sich auf den Weg, ausgerüstet mit Kurzspeer und Schwert sowie Proviant für einige Tage. Wandur wollte seine Dienste als Dolmetscher anbieten, um etwas zu verdienen.

Yakos Mutter und seinen Geschwistern fiel der Abschied schwer, bei der kleinen Balde flossen sogar Tränen. Nelda hatte ihre Furcht vor den Räubern zwar überwunden, aber ein Problem blieb die Lage ihres Hofes etwas außerhalb und direkt am Wald. Bolgur entschied, dass seine Söhne abwechselnd an ihrem Hoftor schlafen sollten als Wache und zur Beruhigung von Nelda.

Hordula war enttäuscht, er war ursprünglich vorgesehen den Besuch des Kastells mitzumachen und musste nun zu Hause bleiben. Wandur vertröstete ihn auf später, die Gelegenheit würde kommen, meinte er. Yako bat ihn gemeinsam mit Jodolf nach der Falle zu sehen und damit war er zufrieden.

Unsere Wanderer kamen in Sanlot an und als die Bewohner von ihrem Plan erfuhren, schickten sie Hergurd mit, der schon einmal in dem Kastell war und den Weg kannte.

Hergurd war ein junger Mann, der einen guten Eindruck machte. Wandur verwickelte ihn in ein Gespräch, um ihn zu prüfen und nahm ihn mit. Sie übernachteten in einem Schuppen von Hergurds Eltern. Die Schafe hinderten an einem schnellen Marschtempo.

Die Entscheidung Hergurd mitzunehmen sollten sie nicht bereuen, er konnte mit den Schafen umgehen und führte sie auf dem nächstgelegenen Pfad durch den dichten Buchenwald. Einmal mussten sie noch übernachten, dann lag der Grenzwall und der Eingang zum Kastell vor ihnen. Yako staunte und eine Ahnung von der Macht der Römer überkam ihn. Soweit man blicken konnte, dehnte sich der Wall mit den Palisaden und am Eingang zum Kastell standen zwei voll ausgerüstete Legionäre auf Wache.

Am Tor wurden sie angehalten und nach ihren Absichten befragt. Einer der Wachen, offensichtlich ein Germane, befragte sie in ihrer Sprache. Wandur antwortete in lateinischer Sprache, dass sie die Schafe verkaufen oder eintauschen und er sich als Übersetzer anbieten wollte. Das beeindruckte die Wachen und der andere Legionär sagte: „Gut, ihr könnt passieren, müsst aber erst den Zoll für euren Verkauf bezahlen." Das war ein Problem, Geld hatten sie nicht.

„Dann müsst ihr den doppelten Betrag bezahlen, wenn ihr das Kastell verlasst." Sie hatten keine Wahl und stimmten zu. „Meldet euch bei dem Marktmeister, der wird den Preis für eure Schafe festsetzen. Wegen dolmetschen musst du dich beim Centurio melden, der Marktmeister wird dir einen Termin vermitteln."

Der Marktmeister setzte den Preis auf 200 Sesterzen je Schaf fest und wies ihnen eine Unterkunft neben dem Lager der Legionssoldaten zu: „Halte dich morgen früh bereit, ich werde dir einen Termin bei dem Centurio nennen."

Viele neue Eindrücke stürmten auf Yako ein, solche großen fest gebauten Häuser, die Marktstände der Händler und die auf dem Übungsfeld exerzierenden Soldaten hatte er noch nie gesehen. Hergurd kannte sich aus und zeigte ihm das ganze Kastell.

An der Ecke zur Unterkunft der Soldaten war deren Essensausgabe. Hier konnten sie sich ebenfalls etwas zu essen holen, gegen einen geringen Betrag bei den beiden hübschen Mädchen: „Wir kommen, wenn wir unsere Schafe verkauft haben", sagte Hergurd. „Und bringt etwas Zeit mit, dein Freund soll uns erzählen, wo er herkommt und ob er schon eine Gefährtin hat. Dich kennen wir schon", antwortete die große schwarzhaarige Verkäuferin.

Yako fand es aufregend, wie frei sie mit ihnen redete und Hergurd erklärte ihm: „Die beiden sind ganz nett und verdienen sich nebenbei ein paar Sesterzen, wenn sie mit dir scherzen und dich liebkosen." Ungläubig drehte Yako sich um und blickte zu den Mädchen, die lachten und winkten ihm zu. War Hergurd etwa nur wegen der Mädchen mitgekommen?

Wandur hatte die Schafe inzwischen bei einem Händler zu dem festgesetzten Preis verkauft und kaufte Tonkrüge, vier Messer und zwei Eisenbarren dafür ein. Er gab jedem seiner beiden Begleiter fünfzig Sesterzen, dafür konnten sie sich etwas nach eigenem Wunsch oder ein Mitbringsel für die Geschwister oder die Eltern bei den Händlern kaufen. Das alles konnten sie für den Heimweg in ihren Körben auf dem Rücken tragen. Sie stillten ihren Hunger mit den mitgebrachten Vorräten und begaben sich in das Nachtquartier.

Wandur wurde zu dem Centurio gerufen, der in seiner Wohnung in einem großen Raum hinter einem Pult saß. Weder der Befehlshaber noch der Marktmeister erkannten ihn wieder, was auch zu verstehen war, er war vor Jahren nur kurze Zeit in diesem Kastell gewesen. Wandur sagte seinen auswendig gelernten Satz, der dem Centurio zeigen sollte, er war als Dolmetscher geeignet: „Salve Centurio, Wandur nomen meum, mea amo offere sicut et ego per interpretem loqueretur ad populum tuum et teutones."

Der Centurio, ein im Dienst in den Legionen ergrauter ehrwürdiger Hauptmann, lächelte nachsichtig, sicher war die von Wandur vorgetragene Begrüßung kein Latein im Stil der alten Klassiker, er war aber zufrieden: „Ich werde morgen Urteile sprechen, die ich in lateinischer Sprache verkünden muss und du sollst das den Tätern übersetzen. Wenn du deine Sache gut machst, erhältst du für jedes Urteil 100 Sesterzen und die Steuer für den Verkauf deiner Tiere erlasse ich dir." Wandur verbeugte sich und dankte, er war für heute entlassen.

Yako sah sich im Kastell um und staunte über die Mannschaftsquartiere mit angebauter Wohnung für den Centurio, die Pferdeställe, Lagerschuppen und die Stände der Händler. Hergurd war mit seiner schwarzhaarigen

Schönen hinter dem Vorhang verschwunden und er kam zum Exerzierplatz wo Rekruten unter Anleitung eines älteren Legionssoldaten sich im Schwertkampf übten. Der Legionär sprach ihn an: „Du hast ein wunderbares Schwert, woher hast du das?" Yako erzählte ihm von dem Schmied im Dorf und seinem Vater, die ihm das Schwert geschenkt hatten.

„Kannst du denn auch damit umgehen?" Yako dachte an seine Kämpfe mit den Räubern und, dass er nur einmal ein Schwert gebraucht hatte, das war noch nicht einmal sein Eigenes gewesen. „Nicht besonders gut", antwortete er.

Der Soldat holte zwei Holzschwerter: „Wir üben jetzt, wehre dich!", und er drang auf ihn ein. Mit Mühe konnte unser Anfänger den Angriff abwehren und machte einen schüchternen Versuch selbst anzugreifen. Lachend wehrte sein Lehrmeister ihn ab.

Bei seinem nächsten Angriff war Yako auf der Hut und wehrte ihn schon besser ab: „Sehr gut", kommentierte der Meister. So ging das eine ganze Zeitlang weiter und er merkte wie sein Handgelenk schmerzte, seine Kräfte nachließen.

„Du musst noch viel üben, dann wird ein tüchtiger Schwertkämpfer aus dir." Yako bedankte sich und nahm sich vor am nächsten Tag wieder zu kommen.

Wandur wurde zur Gerichtsverhandlung bestellt. Anwesend waren der Centurio, sein Sekretär, der Angeklagte im ersten Fall, zwei Legionssoldaten als Wachtposten und er als Dolmetscher. Der Sekretär verlas die Anklage im ersten Fall: „Der hier angeklagte Händler Crobius hat den Bauern Helmak beim Wiegen seiner Früchte betrogen. Ihm ist daraufhin das Marktrecht im Kastell von dem Marktmeister entzogen worden."

„Der Marktmeister und der Ankläger sollen hereinkommen", sagte der Centurio. Beide wurden von einem Wachtposten hereingeholt.

Der Centurio forderte den Bauern auf seine Anklage vorzubringen, was dieser auch tat. „Marktmeister, wie ist festgestellt worden, dass der angeklagte Händler falsch gewogen hat?" Der Marktmeister berichtete von seiner geeichten Waage mir der jede Waage auf dem Markt verglichen wird vor Beginn der Verkäufe. Die Waage des Händlers Crobius stimmte nicht mehr mit dieser Waage überein, war also nachträglich verändert worden. Der Fall war klar, der Händler gestand seine Verfehlung und der Centurio sprach sein Urteil: „Et judicabo te 400 Sesterces." Das Urteil musste der Centurio in lateinischer Sprache aussprechen und der Sekretär auch so protokollieren für die Akten. Für Wandur war die Aufgabe einfach, er sagte dem Bauern, dass er 400 Sesterzen Strafe bezahlen muss, das Marktrecht war ihm ja vorher schon entzogen worden.

Der betrogene Bauer bekam davon die Hälfte, die andere Hälfte ging an die Kasse der XXII. Legion in Mogontiacum. Die Verhandlung war beendet und mit hängendem Kopf zog der Bauer ab.

Der Centurio rief den nächsten Fall auf, hier war ein Mord zu verhandeln. Der Angeklagte wurde hereingeführt. Es war ein Germane aus dem römischen Gebiet, der seinen Nachbarn im Streit um eine Jagdbeute erschlagen hatte. Der Fall war dem Centurio zur Aburteilung übergeben worden, da der Angeklagte in seiner Kohorte gedient hatte. Der Mann hatte seine Tat gestanden und stand zitternd vor dem Centurio, in Erwartung seines Urteils.

Dieser befragte ihn noch einmal, ob er die Tat gesteht, was der Angeklagte bejahte. Somit blieb dem Centurio nur noch sein hartes, aber gerechtes Urteil zu sprechen: „Et iudicabo te judicis tuis in navibus longis re mala." Wandur übersetzte ihm, dass er auf die Galeeren verbannt war.

Der Angeklagte fiel vor dem Centurio auf die Knie und bat um Gnade, dieser befahl jedoch der Wache ihn abzuführen. Die Galeerenstrafe war schlimmer als jede andere Strafe, der Verurteilte wurde an einer Ruderbank angekettet und musste mit den anderen Sklaven die Ruder des Schiffes bedienen. Der hier Verurteilte hatte noch das Glück, dass er auf eine Flussgaleere der naheliegenden Ströme kommen würde und nicht auf ein seegehendes Schiff.

Wandur bekam von dem Sekretär seine 200 Sesterzen und war entlassen. Als er draußen an dem Verurteilten vorbei ging blickte dieser ihn hasserfüllt an und rief: „Ich erkenne dich wieder, du hast den Sohn unseres Herzogs in Nida erschlagen und sollst verflucht vor den Göttern stehen."

Yako, der dort auf Wandur gewartet hatte und hörte was der Mann rief, sah wie Wandur sich erschrocken umdrehte, dann aber weiterging.

Sie gingen zu den Marktständen und Wandur kaufte von seinen Sesterzen gewebten Wollstoff, den er für die Frauen im Dorf und für die Mutter von Hergurd mitnahm. Daraus konnte man Tunika ähnliche Kleider machen. Für Yako kaufte er eine prächtige Gürtelschnalle aus Bronze, als Dank für seine mutige Rettungstat bei dem Überfall durch die Hermunduren, die ihm das Leben gerettet hatte.

Sie rüsteten sich eilig für den Aufbruch, luden ihre gekauften Sachen in die Tragekörbe, die sie sich auf den Rücken schnallten. Hergurd war wiederaufgetaucht und hatte Geschenke für seine Eltern und die Geschwister gekauft: „Die Mädchen haben nach Dir gefragt, Du sollst nächstes Mal mit mir zu ihnen kommen. Sie wollen deine blonden Haare streicheln und deine Muskeln prüfen", sagte er zu Yako.

Der lief noch schnell zu dem Fechtmeister und verabschiedete sich, dann brachen sie auf und mussten keine Steuer bezahlen bei der Wache am Tor, die hatte ihnen der Centurio erlassen.

Yako sah Wandur fragend an: „Nicht jetzt, später", sagte dieser und deutete heimlich auf Hergurd. Er musste sich mit seiner Sorge und Neugier noch gedulden.

In Sanlot wurden sie freudig empfangen, Hergurd verteilte seine Geschenke und als Wandur seiner Mutter den Wollstoff schenkte, drückte sie ihn dankbar an ihre Brust wie sie es vorher auch bei ihrem Sohn gemacht hatte. Sie kannte Hergurds leichte Art und fragte, ob er denn brav gewesen wäre, was seine beiden Begleiter schnellstens mit ja, sehr brav, beantworteten.

Sie wollten aber nicht in Sanlot übernachten, sondern gingen weiter in Richtung Schwarzfeld und rasteten in einiger Entfernung, da Wandur mit Yako allein sein wollte, um ihm seine Geschichte zu erzählen.

Sie suchten sich einen ruhigen Platz abseits des Weges und Wandur sagte: „Du bist gespannt, was ich dir zu sagen habe, nachdem du die schrecklichen Worte des Verurteilten gehört hast", und er berichtete.

„Ich habe als junger Mann, wenig älter als du, bei den Römern in verschiedenen Kastellen als Pferdepfleger gearbeitet. Die Arbeit hat mir Spaß gemacht, es war keine körperliche schwere Tätigkeit und man kam auch aus dem Kastell heraus, um gekaufte Pferde abzuholen oder Futter und Streu für die Tiere bei den Bauern der umliegenden Dörfer zu kaufen. Dann kam ich in dieses Kastell.

Dort lernte ich Belgard kennen, den Bruder deines Vaters. Er segnete die Tiere im Namen unserer Götter und als er sah, dass ich mich für seine Zwiesprache mit den Allmächtigen interessierte, nahm er mich in seine Lehre und ich lernte bei ihm in kurzer Zeit alles was man über Allvater Wotan und die Bewohner Asgards wissen muss.

Das geschah ohne Wissen der Römer, die ganz andere Götter haben. Belgard erzählte mir von seinem Bruder und dessen Familie, aber dass wir uns einmal so nahekommen würden, ahnte ich nicht."

„War Belgard schon lange bei den Römern?", fragte Yako. „Ja, mehrere Jahre, aber genau weiß ich das nicht. Von ihm lernte ich auch die Runen und ihre Bedeutung. In meine Knochen und Geweihstücke, die ich am Altar benutze, habe ich damals die Namen unserer Götter geschnitzt.

Ich sollte Futter holen und fuhr mit unserem Pferdekarren zu einem Bauernhof, der etwa eine halbe Tagereise vom Kastell entfern lag. Hier war ich schon öfter gewesen und ich hatte manchen Blick mit einem Mädchen gewechselt, welches hier arbeitete. Sie hieß Ulka und war die Tochter des Bauern, wie ich später erfuhr.

Sie gefiel mir sehr gut und auch bei ihr glaubte ich Zuneigung mir gegenüber zu erkennen. Wenn ich den Karren beladen hatte, nahm ich mir noch etwas Zeit und setzte mich zusammen mit ihr auf eine Bank hinter der Scheune. Eines Tages verabredeten wir ein Treffen nach Beendigung meiner täglichen Arbeit für den nächsten Tag. Sie wollte mir etwas entgegenkommen und ich beschrieb ihr eine nicht zu verfehlenden Stelle, dort wo der Weg zum Kastell dicht am Fluss vorbeiführte.

Ich beeilte mich und erreichte außer Atem die betreffende Stelle und, Überraschung, sie war schon da und empfing mich mit strahlendem Lächeln. Ich setzte mich neben sie und wir herzten und liebkosten uns, wie junge Leute das ebenso machen, Du doch auch", sagte er zu Yako.

Der lächelte zurück und seine Gedanken waren bei seiner Freundin in Hirsfild. Dort musste er den Kontakt noch vertiefen, so weit wie Wandur damals war er noch nicht. Doch schon war seine Aufmerksamkeit wieder bei Wandurs weiterer Schilderung.

„Damals erzählte sie mir zum ersten Mal von Norgert, dem Sohn des Herzogs, welcher ihr nachstellte. Sie mochte ihn nicht, außerdem wollte er sie nur als seine Gespielin, sie ausnutzen ohne ernste Absichten, dafür war er bekannt. Wir trafen uns noch drei Mal an diesem Treffpunkt und schlossen eine tiefe Freundschaft.

Von unseren Treffen erfuhr Norgert, der zum Bauernhof kam und Ulka nicht antraf, von einer eifersüchtigen Magd, die ihm schöne Augen machte. Er machte sich mit einem Knecht von dem Hof auf die Suche nach unserem Treffpunkt. Er konnte sich denken, dass dieser auf dem Weg nach dem Kastell lag. Wir saßen dort in der Abendsonne und als ich Hufschläge von zwei Pferden hörte, sagte ich zu Ulka: „Schnell eile zurück zu deinem Hof, nimm einen Weg durch den Wald damit dich keiner sieht."

Meine böse Ahnung war richtig, Norgert und ein Begleiter kamen auf Pferden auf mich zu. Ohne ein Wort zu sagen, schwang er sein Schwert gegen mich, ich wich ihm jedoch aus. Darauf sprang er vom Pferd herab und drang mit dem Schwert auf mich ein. Ich hatte nur meinen Kurzspeer und wehrte ihn ab. „Schurke", brüllte er, „ich werde dir das Schmusen mit Ulka abgewöhnen." Ohne auf meinen Speer zu achten, rannte er auf mich zu. Ich konnte seinem Schwerthieb dieses Mal nur knapp ausweichen, er aber stürzte in meinen Speer, der ihm tief in die Brust drang.

Sein Begleiter ritt mich mit seinem Pferd zu Boden, sprang aber dann aus dem Sattel, um dem am Boden liegenden Norgert beizustehen. Für mich war das die Gelegenheit schnellstens zu verschwinden, sonst hätte es mich wohl das Leben gekostet. Ich rannte durch den dichten Busch auf Umwegen zum Kastell.

Dort traf ich atemlos auf Belgard und berichtete ihm von dem Vorfall. „Du musst von hier weg, das ist der Sohn des Herzogs in Nida, der wird dich nicht schonen, egal ob Norgert mit dem Leben davonkommt oder nicht. Gehe nach Schwarzfeld zu meinem Bruder Rodulf, da bist du erstmal in Sicherheit."

„Ich nahm mein Fellbündel mit den wenigen Sachen, die ich hatte und verließ durch das entgegengesetzte Tor das Kastell." Wandur unterbrach seinen Bericht, man merkte ihm an, dass es ihm schwerfiel die alte Geschichte noch einmal zu erzählen. Yako hatte ihm gespannt zugehört und er fuhr fort.

„Für mich begann eine lange Wanderung, erst durch das von Römern besetzte Land, wo ich erfuhr, man hätte den Sohn des Herzogs erschlagen, ich überquerte die Grenze am Limes und kam in das Chattenland. Immer noch hatte ich große Bedenken, der Herzog würde mich auch hier verfolgen. Bei dem Verlust seines Sohnes musste ich befürchten, dass meine Unschuld an dem Vorfall für ihn keine Rolle spielen würde. Ich verhielt mich so unauffällig wie möglich und sagte in den Dörfern, dass ich ein Seher auf der Wanderung zu einem Heiligtum des Donnergottes Thor sei.

Meine Wanderung dauerte zwei Winter, ehe ich in Schwarzfeld ankam. Dort hieß dein Vater mich willkommen, da ich von seinem Bruder berichtete."

Yako hatte Wandur nicht einmal unterbrochen. Seine Erzählung war spannend und dramatisch. „Jetzt siehst du, ich bin kein Mörder, wie der Galeerensklave behauptet hat, ich musste so handeln um mein Leben zu schützen."

„Jetzt wo dieser dich erkannt hat, wirst du sicher wieder verfolgt", sagte Yako. Wandur nickte mit gesenktem Kopf, er wollte nur ein friedliches Leben in Schwarzfeld, jetzt musste er wieder mit Gefahr und Verfolgung rechnen.

Es war spät geworden und sie übernachteten an ihrem Rastplatz. Yako konnte gedankenschwer lange nicht einschlafen, er dachte an das furchtbare Schicksal welches Wandur drohte, wenn er in die Hände des Herzogs geriet. Verurteilung als lebenslanger Galeerensklave drohte ihm.

Am nächsten Mittag, als die Sonne am höchsten stand, kamen sie in Schwarzfeld an und wurden freudig begrüßt. „Erzähle nichts von meiner Geschichte, besonders Nelda darf nichts davon erfahren, sie würde sich nur ängstigen", hatte Wandur mit Yako vereinbart. Bei den Frauen war die Freude über die mitgebrachten Stoffe groß, jetzt konnte man sich einen neuen Umhang machen. Yakos Mitbringsel, für Balde, eine Puppe, und für Sanolf, ein kleiner Dolch, wurden von diesen bejubelt.

Helmfried zog zufrieden mit seinen beiden Eisenbarren ab, er wollte einen davon zur Herstellung einer Pflugschar verwenden, mit welcher man die Erde nicht nur aufritzte, sondern welche die Schollen herumwarf, das würde für eine bessere Ernte sorgen.

Die Tongeschirre wurden bei Rodulf abgegeben, von dem stammten ja die vier Schafe. Brigga verteilte sie aber an alle Familien, behielt für sich nur was sie notwendig brauchten. Es gab viel zu erzählen und dafür wollte man sich am Abend bei Rodulf treffen.

Der Abend verlief in gewohnter Herzlichkeit, Wandur und Yako berichteten abwechselnd von ihrem Besuch. Besonders interessiert waren die Zuhörer an dem Bericht über die Gerichtsverhandlungen, der verurteilte Mörder wurde zwar bedauert für sein hartes Schicksal, hatte es aber nach allgemeiner Meinung auch nicht anders verdient. Wandur wurde bewundert für seine Fähigkeiten in der Sprache der Römer, doch der wusste, da gab es noch viele Lücken.

Yako erzählte von seinen Schwertübungen bei dem Fechtmeister und zeigte einige Übungen mit seinem Schwert, welche dieser ihm beigebracht hatte. Heiterkeit vor allem bei den Männern, als er erzählte, dass sie Hergurd aus Sanlot mitgenommen hatten und dieser die Gelegenheit zum Besuch seiner Freundin benutzt hatte.

„Da will ich auch hin", sagte Jodolf zu seinem Vater. Yako fragte Hordula nach der Wildschweinfalle. „Da war wieder ein Schwein drin, das hat Vater bekommen. Gestern haben wir die Falle neu gestellt und das Lockfutter erneuert." Die Beute war bereits zerlegt und haltbar gemacht. Alle dachten an ihren wunderbaren Abend mit dem ausgiebigen Schmaus und Helmfrieds spannender Erzählung.

Nelda war glücklich, sie hatte Wandur wieder. Das Tongeschirr konnte sie gut gebrauchen. Es war glasiert, aber Wandur hatte den Händler nicht mehr befragt nach der verwendeten Glasur. Er beschloss weiter zu experimentieren, aber zunächst hatten die anstehenden Arbeiten im Hof und auf dem Feld Vorrang.

Helmfried war nicht zu bewegen eine seiner Geschichten zu erzählen: „Heute habe ich Pause, unsere beiden Reisenden haben genug erzählt", und so machte man sich auf den Heimweg.

Wandur und Yako waren froh wieder ihr eigenes Nachtlager zu haben, aber Schwester Balde wollte unbedingt bei Yako schlafen und die Mutter ließ sie da auch liegen, bis sie eingeschlafen war.

Wandur quälten trübe Gedanken und er musste sich Mühe geben, dass Nelda nichts davon bemerkte. Er wollte alle Gefahren, die auf ihn zukommen konnten von ihr fernhalten, war sich aber im Klaren, seine Entdeckung im Kastell würde nicht ohne Folgen bleiben. Der Herzog würde davon erfahren und ihn suchen.

Er erledigte die notwendigsten Arbeiten auf dem Hof und machte sich schon einen Tag später auf den Weg nach Hirsfild zu Häuptling Ermin. Zu Nelda sagte er, dass er wichtige Dinge, die er im Kastell erfahren hatte, Ermin berichten wollte.

Da er etwa fünf Tage nicht da sein würde, bat er Bolgur noch einmal seine Jungs als Wache zu stellen. Der sagte: „Mache dir keine Sorgen, wir werden da sein. Du hast schon so viel für unser Dorf getan, da werde ich dir diese Bitte nicht abschlagen."

Trotz aller Eile musste er einmal im Wald übernachten und kam am darauffolgenden Tag in Hirsfild an. Er traf Ermin bei der Arbeit an einem Zaun vor seinem Hof und bat um eine Unterredung in einer wichtigen Angelegenheit.

Ermin begrüßte ihn herzlich, für ihn war Wandur nach den gemeinsamen Erlebnissen, aus jüngster Vergangenheit, zu einem Freund geworden.

Wandur berichtete von ihrem Besuch im Kastell und seiner Tätigkeit als Übersetzer. „Warst du allein da?", fragte Ermin „Nein Yako hat mich begleitet und aus Sanlot haben wir Hergurd mitgenommen, der den Weg kannte."

Ermin kannte ihn nicht, wohl aber seine Eltern, da Sanlot auch zu seinem Gebiet als Häuptling gehörte.

Dann kam er auf den eigentlichen Grund seines Besuches in Hirsfild zu sprechen und erzählte ihm von seiner früheren Tätigkeit in anderen Kastellen, wie er dann Ulka kennen gelernt hatte und der Auseinandersetzung mit Norgert, dem Sohn des Herzogs im Römergebiet. Seine Flucht und lange Wanderung nach Schwarzfeld.

„Wie bist du auf Schwarzfeld gekommen?", fragte Ermin und Wandur erzählte ihm von Belgard, Rodulfs Bruder, bei dem er seine Kenntnisse über die Götter erworben hatte. „Das ist alles recht schwerwiegend, wir wollen nach dem Essen zu Gerold gehen, der uns sicher guten Rat geben kann."

Ein geeigneter Ratgeber wäre auch der Seher in Hirsfild, Landolf, gewesen, aber der war eifersüchtig auf Wandur und seine Tätigkeit als Seher in Schwarzfeld. Die Idee mit Gerold war gut, hatte für Wandur nur den Nachteil, dass er seine ganze traurige Geschichte noch einmal erzählen musste.

Gerold begrüßte Wandur erfreut, auch bei ihm war eine tiefe Freundschaft spürbar, nach überstandenen gemeinsamen Erlebnissen. Wandur berichtete und hatte in den Beiden aufmerksame Zuhörer, für Ermin war wichtig, ob Wandurs Bericht gleichlautend mit der gehörten Version war, woraus er auf dessen Zuverlässigkeit schließen konnte.

Schweigen nach dem Bericht von Wandur, jeder der Drei versuchte das Gehörte für sich einzuordnen. Schließlich sagte Gerold: „Ein Vorfall wie er jedem von uns passieren könnte, übel ist nur, dass der Tote der Sohn eines Herzogs ist. Der wird nicht eher ruhen, bis er dich gefunden und bestraft hat." „Das befürchte ich auch", entgegnete Wandur.

Der Häuptling brach sein Schweigen: „Es gibt verschiedene Möglichkeiten wie wir vorgehen. Wenn du dich in Nida stellst, wirst du kein gerechtes Urteil hören, deshalb scheidet das aus. Die zweite Möglichkeit wäre, dass du dich hier stellst und wir den Herzog einladen zu einer Gerichtsverhandlung. Wir haben hier keinen Herzog, den wählen wir nur, wenn wir Kriege führen müssen als unseren Anführer. Der Herzog von Nida hat hier keine Gerichtsgewalt, sein Gebiet liegt im Römerland. Ich bin der zuständige Häuptling und würde das Urteil sprechen, nachdem wir im Thing darüber beraten haben. Wenn der Herzog da nicht mitspielt, würde uns das nichts nützen, deshalb gibt es eine dritte Möglichkeit. Du stellst dich und unterwirfst dich dem Urteil des Centurio im Kastell. Der wäre ein neutraler Richter und der Herzog müsste seinen Spruch anerkennen. Wenn du dich nicht stellst, lebst du in ständiger Gefahr, dass du überfallen und mit Nelda verschleppt oder ermordet wirst."

Schweigen in der Runde, da galt es gut zu überlegen und das Für und Wider abzuwägen. Wandur war verzweifelt, Nelda sollte keinesfalls in diese Geschichte hineingezogen werden. Er konnte sich so schnell nicht entscheiden für die eine oder andere Möglichkeit.

„Welches Risiko entsteht, wenn du dich stellst und dich dem Urteil des Centurio unterwirfst", fragte Gerold und antwortete auch, „es besteht die Gefahr, dass er parteiisch zugunsten des Herzogs urteilt, dann musst du eine schlimme Strafe erwarten. Klarheit darüber erhalten wir nur, wenn wir ihm den Fall vortragen und seine Bereitschaft erhalten darüber unparteiisch zu urteilen."

„Aber Ermin ist doch berechtigt das Urteil zu sprechen", war Wandurs Einwand. „Das ist richtig, nur wir wissen nicht, ob der Herzog das Urteil anerkennen würde, oder dich nachher weiterverfolgt und ermorden lässt. Er ist ein mächtiger Mann, wenn auch die Römer in seinem Gebiet die Oberherrschaft haben." Wandur dachte für sich, ich will Ruhe haben, mit Nelda in Frieden leben und ich werde mich stellen.

„Was würdest du denn für ein Urteil erwarten, wenn wir hier in Hirsfild über dich urteilen würden", fragte Ermin. „Gerold sage du dazu deine Meinung", entgegnete Wandur. Der wiegte nachdenklich den Kopf: „Du bist nicht schuldig, das steht für mich fest, aber ich weiß nicht, ob die Römer eine Buße von dir fordern würden, weil du einen ihrer Untertanen erschlagen hast."

„Wir müssen in Erfahrung bringen, ob Norgert römischer Bürger war, das könnte den Urteilsspruch beeinflussen", sagte Ermin „ich mache dir den Vorschlag, dass ich mit einem Begleiter zum Kastell gehe und mit dem Centurio und Belgard zu sprechen. Dabei versuche ich möglichst viel über unser Thema zu erfahren. Mich muss der Centurio anhören, er weiß, dass ich Häuptling über einige Dörfer bin."

Wandur machte sich am nächsten Tag mit schweren Gedanken auf den Heimweg, Ermin ging mit, er wollte von Schwarzfeld aus weiter zum Kastell und einen Begleiter aus Schwarzfeld mitnehmen. Gerold ließ er in Hirsfild zurück, er sollte eine ausweichende Antwort geben, falls Fremde nach Wandur fragten. Als zweiten Mann wollte er Yako mitnehmen, der den Weg kannte und dort bekannt war.

Yako war sofort bereit mitzugehen, für Wandur hätte er alles getan. Auch sein Vater Rodulf hatte keine Einwände.

In Sanlot blieben sie nicht und obwohl Hergurd gerne mitgegangen wäre, zogen sie ohne ihn weiter. Bei der nächsten Rast erklärte Ermin seinem Begleiter seinen Plan und schärfte ihm ein, dass er die Augen offenhalten sollte, er musste Zeit für sein Gespräch mit dem Centurio haben. Vielleicht konnte Yako auch etwas über Norgerts Tod und die Reaktion des Herzogs von Belgard oder dem Fechtmeister erfahren.

Am Eingangstor zum Kastell standen wie gewohnt zwei Legionssoldaten. Ermin stellte sich als Häuptling von Hirsfild vor und wollte in einer wichtigen Angelegenheit mit dem Centurio sprechen. Einer der Soldaten eilte zu dessen Sekretär und kam mit dem Bescheid zurück, er möchte sofort bei dem Centurio Frontius erscheinen. Sein Begleiter sollte sich bei dem Sekretär wegen eines Nachtquartiers melden.

Das war für Ermin überraschend und er meldete sich beim Sekretär, der ihn in den Empfangsraum des Centurios führte. Nach wenigen Augenblicken erschien dieser und begrüßte ihn freundschaftlich, Ermin hatte sofort einen guten Eindruck von ihm. Er war ein würdiger älterer Herr, der sicher auch in Bezug auf sein Anliegen nicht übereilt und ungerecht urteilen würde.

Ermin berichtete von Wandur und dessen Auseinandersetzung mit Norgert sowie dessen tragischem Ende. „Ich kenne Wandur, er hat mir ordentliche Dienste geleistet und ich will ihm helfen Gerechtigkeit zu erfahren. Wenn sich seine Schuld aber herausstellt, wird er eine harte Strafe bekommen", begann der Centurio und fuhr dann fort: „Du musst zwei Tage Geduld haben, ich werde Zeugen für den damaligen Vorfall holen und sie streng vernehmen. Das sind seine damalige Freundin Ulka und der Begleiter von Norgert. Beide wohnen ganz in der Nähe

141

auf einem großen Bauernhof, der unser Kastell mit Vorräten beliefert. Ulka ist die Tochter des Bauern, der Begleiter von Norgert arbeitet dort als Knecht. Du kannst bei mir wohnen, ich habe einen Raum für Gäste, dein Begleiter schläft in den Mannschaftsquartieren und bekommt dort auch das Essen. Ich lade dich ein Morgen mit mir zu einer Baustelle zu reiten, dort wird ein neuer Wachturm gebaut und ich muss den Fortgang der Arbeit kontrollieren."

Ermin war überwältigt von diesem freundschaftlichen Empfang, bedankte sich und sagte gerne zu. Centurio Frontius war natürlich um Freundschaft mit den Chatten außerhalb des Limes bemüht. Ermin war für heute entlassen, der Sekretär zeigte ihm sein Zimmer und er eilte zu Yako, um ihm von dem erfreulichen Ergebnis seiner Besprechung zu berichten.

Yako hatte die Zeit genutzt und sich beim Fechtmeister vorgestellt, der ihn zum nächsten Morgen zu einer Übungsstunde bestellte. Er war sehr froh über Ermins Bericht, aber Geduld war angesagt.

Der Fechtmeister ließ ihn zunächst mit anderen Rekruten drei Runden um den Exerzierplatz laufen und drückte ihm dann, außer Atem wie er war, ein Holzschwert in die Hand. „Greif mich an", rief er. er drang mit einem anderen Rekruten auf ihn ein. Sie wurden leicht zurückgeworfen. Ohne ihn zu treffen erhielten sie manchen schmerzhaften Schlag mit der flachen Schwertseite und waren erschöpft als die Übung dann endlich abgebrochen wurde. Er bedankte sich und machte eine Runde um das Kastell. Dabei ging er im weiten Bogen um die beiden Verkäuferinnen herum, aber diese hatten ihn schon gesehen und riefen ihm freundliche Grüße zu.

Er suchte Belgard und fand ihn in den Stallungen bei den Pferden. Der war überrascht ihn nach so kurzer Zeit wieder zu sehen und berichtete auf seine Frage aus der Zeit des Unglücks.

Wandur war abgehetzt bei ihm erschienen, hatte kurz von dem Vorfall erzählt und, nachdem er sein Bündel zusammengerafft hatte, wieder verschwunden. „Ich habe ihm beschrieben, wo Schwarzfeld liegt und den Namen deines Vaters genannt. Das weißt du schon aus seiner Erzählung, was danach kam wird für dich interessanter sein", fuhr er fort.

Ermin war auf dem Weg zur Wachturmbaustelle. Er ritt mit dem Centurio auf der römischen Seite am Limes entlang und nachdem sie mehrere andere Wachtürme passiert hatten, erreichten sie nach einem knappen halben Tagesritt die Baustelle des neuen Turms.

Der Centurio hatte das Kommando über die Baustelle einem verlässlichen Mann aus seiner Kohorte übergeben und der war mit acht Soldaten mit dem Aufbau des Turmes beschäftigt. Die Männer waren ausschließlich Germanen die als Hilfstruppen angeworben wurden und sich für eine Dienstzeit von 25 Jahren verpflichteten. Bei einer ehrenvollen Entlassung wurde ihnen danach das römische Bürgerecht verliehen.

Das Fundament war gesetzt und die Eckbalken standen. Der Aufsichtführende berichtete, dass offensichtlich jugendliche Chatten die Bauarbeiten mit Steinwürfen und Pfeilschüssen gestört hätten. Die Soldaten hätten mit ihnen gesprochen und wie verlangt zwei große Krüge Wein gegeben, worauf sie abgezogen seien. Er war sehr zufrieden mit dem Fortgang der Arbeit.

Der Centurio, lobte ihn für seine umsichtige Haltung und ließ ihm von einem Begleiter die auf einem Packpferd mitgebrachten Vorräte übergeben. Die Soldaten übernachteten in einem Zeltlager, in dem sie noch etwa zehn Tage bleiben müssten, bis zur Fertigstellung des Bauwerks. Danach würde eine Turmbesatzung bestimmt und ein geregelter Wachdienst beginnen.

Die Baustelle des neuen Turms war auf einem Hügel eingerichtet, man hatte hier die alten Palisaden entfernt und baute im Anschluss an den Turm neue ein. Damit war die Sichtweite zu den beiden benachbarten Türmen wiederhergestellt. Ein Übergang war hier nicht vorgesehen, da auch kein Wegeanschluss vorhanden war.

Die beiden Begleiter ließen die Pferde weiden und führten sie an eine naheliegende Tränke. Für den Centurio und Ermin hatten sie einen Imbiss auf dem Tisch der Legionäre bereitet, von dem Ermin durchaus angetan war. Es gab nicht nur Grütze und Bier oder Brunnenwasser wie in Schwarzfeld, der Tisch war reichlicher gedeckt mit Brot, Früchten, kalten Fleischscheiben, rotem Wein und süßem Brotaufstrich. Ermin griff tüchtig zu, zähmte aber seinen Appetit, den vornehmen Tischmanieren des Centurio folgend.

Auf dem Rückweg besichtigte der Centurio zwei weitere Wachtürme, offenbar um die Wachsamkeit der Mannschaften zu erhalten. Ermin blieb bei den Pferden zusammen mit den beiden Begleitern. Er sprach sie an, sie konnten ihn aber nicht verstehen, es waren Hilfssoldaten aus Gebieten außerhalb Germaniens, dunkelhaarig, klein und stämmig.

Der Centurio kam zufrieden zurück und am späten Abend erreichten sie das Kastell. Ermin hatte einen kleinen Einblick erhalten und sagte dem Centurio, wie sehr er die Ordnung und das geregelte Leben im Kastell bewundere. Der lächelte: „Wenn diese Ordnung eines

Tages untergeht, dann geht auch das römische Reich unter. Wehe dir Rom, wenn dann die Völker Germaniens über dich kommen. Es liegt an uns und unserer Disziplin, dass das erst in weiter Zukunft, oder gar nicht geschieht. Ich werde es nicht mehr erleben, meine Dienstzeit ist in zwei Jahren beendet, dann werde ich auf das Landgut meiner Väter jenseits der großen Berge zurückkehren."

Ermin suchte Yako, der ihm einiges zu berichten hatte. Belgard hatte diesem zunächst von seiner Sorge berichtet, bestraft zu werden, weil er Wandur zur Flucht verholfen hatte, man hatte ihn aber unbehelligt gelassen, keiner wusste etwas von seinem engen Kontakt zu ihm.

Er wurde an Stelle von Wandur in den darauffolgenden Tagen zu dem großen Bauernhof von Ulkas Vater geschickt, um Vorräte zu holen. Er traf Ulka dort und erzählte ihr, dass Wandur flüchten musste, da er um sein Leben fürchtete. Sie war tieftraurig, aber auch sehr empört: „Er ist völlig schuldlos, nachdem er mich fortgeschickt hatte, habe ich mich eine kurze Zeit in einem nahen Gebüsch versteckt und musste alles mit ansehen. Norgert hatte mich schon seit einiger Zeit bedrängt, doch ich habe ihn immer abgewiesen. Als er nun von meiner Freundschaft mit Wandur erfuhr war er wütend, aber das ist nicht meine Schuld."

Sie schluchzte und den Tränen nahe fuhr sie fort: „Ich sah zwei Reiter kommen, einer war Norgert, der andere unser Knecht Hermert, dem er befohlen hatte ihn zu begleiten. Norgert raste mit dem Pferd auf Wandur zu, der konnte aber seinem Schwerthieb ausweichen, er sprang ab und drang wütend auf ihn ein, der neue Schwerthieb ging daneben und er stürzt in Wandurs Speer, den dieser schützend vor sich gehalten hatte. Wandur flüchtete und unser Knecht kümmerte sich um Norgert. Ich wandte mich schnellstens ebenfalls zur Flucht und erzählte meinem Vater was ich gesehen hatte. Der schickte zwei seiner Knechte mit einem Karren zum Kampfplatz, um Norgert zu holen, es war zu spät, er war tot."

Mit dieser Nachricht wurde Hermert dann auf den schweren Gang zu dem Herzog geschickt. Zwei Tage später kam er mit diesem zurück, der vier Gefolgsleute, darunter zwei Brüder des Verstorbenen, mitbrachte. In tiefer Trauer verharrte er am Lager seines Sohnes. Der Knecht Hermert hatte ihm der Wahrheit entsprechend über den Vorfall berichtet. Der Herzog konnte das Verhalten seines ältesten Sohnes nicht gutheißen, obwohl er sich dazu nicht äußerte.

Die beiden Brüder dagegen wollten nur Rache und den Täter töten, der aber nicht mehr im Kastell war wie sich in den nächsten Tagen zeigte. Der Herzog schickte beide mit dem Toten zurück zu seiner Residenz. Er wollte die Rachsüchtigen von Ulka fernhalten, damit nicht noch mehr Unheil angerichtet wurde. Er sprach mit dem Mädchen im Beisein des Vaters: „Ich mache dir keine Vorwürfe mein Kind, erzähle mir aber was geschehen ist."

Ulka wiederholte ihren Bericht, der beinahe gleichlautend war wie Hermerts Bericht. Der Herzog schickte einen seiner Gefolgsleute zum Centurio in das Kastell und verlangte die Auslieferung des Missetäters. Der kam zurück mit dem Bescheid, der Gesuchte sei geflüchtet, sein Aufenthalt unbekannt und, dass man ihn benachrichtigen würde, falls er gefasst würde.

Ermin hörte Yako aufmerksam zu als er berichtete was er von Belgard erfahren hatte. Das waren gute Nachrichten, besonders, dass der Begleiter von Norgert und Ulka die Tat fast gleichlautend schilderten. Er hatte erwartet, dass der Begleiter eher Norgerts Partei einnehmen würde, aber gleichzeitig musste er in diesem Fall um seine Arbeitsstelle bei Ulkas Vater fürchten. Er war gespannt, was die morgige Anhörung der beiden Zeugen mit sich bringen würde.

Als Ulka und Hermert im Kastell ankamen wurden sie zum Centurio in seinen Empfangsraum bestellt. Er erklärte ihnen den Zweck ihres Kommens: „Ich möchte eure Schilderung von den Umständen bei Norgerts Tod hören. Ihr könnt frei zu mir sprechen und braucht keine Scheu zu haben, ich bin lange in Germanien und verstehe eure Sprache. Ihr seid nicht angeklagt, ich möchte euch als Zeugen hören. Zuerst möchte ich Ulka hören, Hermert, du gehst so lange vor die Tür." Er winkte einem Wachsoldaten, der den Knecht vor die Tür führte.

Er ließ Ermin hereinrufen und erklärte Ulka: „Das ist Ermin, er ist Häuptling in Wandurs Dorf und muss später das Urteil über ihn sprechen." Ulka blickte sich unsicher um und senkte den Kopf, sie war sehr erregt, vor einem römischen Centurio und einem Häuptling der Germanen musste sie noch nie Rede und Antwort stehen.

„Du hast dich an dem fraglichen Tag mit Wandur auf halbem Weg zwischen eurem Hof und dem Kastell getroffen, habt ihr euch schon öfter dort getroffen und wusste jemand davon?"

„Wir haben uns zweimal vorher dort getroffen, es wusste niemand etwas davon." „Nun erzähle uns was dann geschah", forderte der Centurio sie auf und sie wiederholte ihre Schilderung des dramatischen Ablaufs, den sie bereits dem Herzog geschildert hatte. Am Schluss des Berichts brach sie in Tränen aus und konnte nicht mehr weitersprechen. Der Centurio sagte: „Höre auf zu weinen, es gibt keinen Grund dafür, du hast deine Sache gut gemacht." Offenbar gab es auch schon zu seiner Zeit Männer, die keine Frauentränen ertragen konnten.

Er befahl den Knecht hereinzubringen. Dieser erschien bleich im Gesicht und aufgeregt, er als einfacher Mann vor hohen Herren, das war eigentlich zu viel für ihn.

Der Centurio ermahnte ihn streng die Wahrheit zu sagen und bereute es gleich wieder, das brachte den jungen Burschen noch mehr aus dem Gleichgewicht. „Berichte uns, was sich zugetragen hat an diesem Tag", forderte er ihn auf und der begann: „Nach meiner Arbeit kam Norgert auf den Hof geritten und fragte nach Ulka. Ich wusste, dass sie ihn nicht mochte und antwortete, dass ich es nicht wüsste, wo sie sei. Darauf schlug er mich mit seinem Reitstock und wollte mich verprügeln, wenn ich ihm nicht sofort antworten würde."

Er stockte und sprach nicht weiter, worauf der Centurio sagte: „Hier bekommst du keine Schläge, aber wir haben andere Methoden dich zum Sprechen zu bringen, also sprich weiter."

„Ich sagte ihm, dass sie gestern und heute in Richtung Kastell gegangen sei. Er rief: `Mit diesem Hund trifft sie sich und für mich hat sie keine Zeit, sattle ein Pferd und begleite mich´. Ich holte mir die Erlaubnis vom Bauern, wir ritten los. Auf halbem Weg zum Kastell saß Wandur unter der Wettereiche und Norgert ritt mit gezogenem Schwert auf ihn zu."

„Was geschah weiter", wollte der Centurio wissen und sichtlich mühsam wiederholte der Knecht die Schilderung, welche er schon dem Herzog gegeben hatte.

Ermin hatte Ulkas und Hermerts Schilderungen aufmerksam verfolgt, aber seit Ulka nahe neben ihm saß war seine Aufmerksamkeit geteilt zwischen dem Vortrag des Knechtes und ihr. Die schlanke, aber kräftige Gestalt ihre einfache, aber sehr ordentliche Kleidung, die langen sorgfältig zusammen gebundenen rotblonden Haare, er wusste nicht was sonst noch, bezauberten ihn.

Schmerzlich kam ihm wieder der Verlust seiner früheren Gefährtin und danach der von Runa zum Bewusstsein. Aber was war mit ihm los, gefiel ihm jetzt jedes Mädchen, jede Frau, die er sah? Es stand fest für ihn, er musste sich wieder eine Gefährtin suchen, die brauchte er nicht nur für Haus und Hof, er vermisste sie ebenso sehr als Freundin, als seine Gefährtin, die auch das Lager mit ihm teilte.

„Ihr habt eure Sache gut gemacht und könnt jetzt gehen", die Stimme des Centurio riss ihn aus seinen Gedanken, „bleibt aber hier, vielleicht muss ich noch etwas fragen. Lasst euch von meinem Sekretär erklären, wo ihr Verpflegung bekommt."

Als er mit Ermin allein war, sagte er: „Erstaunlich, die beiden Berichte stimmen überein, beide haben sich nicht einschüchtern lassen von der hohen Persönlichkeit des Herzogs. Hast du irgendwelche Unstimmigkeiten entdeckt?"

Ermin konnte nur mit nein antworten, fragte aber nachdenklich: „Wie hilft uns das weiter?"

Der Centurio erklärte ihm seinen weiteren Plan: „Für einen derartigen schweren Fall ist in unserer Provinz der Legatus Augusti zuständig, das ist der Statthalter. Ich werde ihn unterrichten über die Zeugenaussagen und er wird mir mit Sicherheit die weitere Bearbeitung des Falles übertragen. Sein Amt ist überlastet mit kleinen und größeren Problemfällen und Konflikten. Er wird froh sein, wenn er mir den Fall abgeben kann. Wir haben lange Grenzen mit deinem unruhigen Volk und ich bin froh, wenn in meinem Bereich Ruhe herrscht." Das war nicht der Bequemlichkeit oder dem fortgeschrittenen Alter des Hauptmanns zuzuschreiben, sondern seinen langjährigen Erfahrungen als Befehlshaber und Verwaltungsoffizier im Bereich der Grenzen des römischen Reiches.

Er fuhr fort: „Den Herzog werde ich ebenfalls über die Zeugenaussagen informieren und beiden Herren mitteilen, dass ich die weitere Verhandlung und die Verkündung des Urteils dir übertragen werde. Der Täter wohnt in deinem Dorf, folglich musst du das Thing einberufen und mit deinen Männern das Urteil sprechen."

„Dein Statthalter wird zufrieden sein, an der Grenze herrscht Ruhe und Frieden, wird der Herzog auch zufrieden sein?"

„Ja ich bin davon überzeugt, wir wissen, er war sehr unzufrieden mit seinem jähzornigen und unbeherrschten ältesten Sohn. Es bleibt ihm auf Grund der übereinstimmenden Zeugenaussagen auch gar nichts anderes übrig, Wandur ist nicht schuldig."

Ermin seufzte erleichtert, wie hatte er um Wandur gebangt, nun löste sich offenbar das Problem, er hatte allerdings die verantwortungsvolle Aufgabe die Verhandlung in Hirsfild fortzuführen. „Nun wollen wir essen gehen, ich bin sehr zufrieden mit unserem arbeitsreichen Vormittag", sagte der Centurio. Hochachtung vor diesem Mann, dachte der Eingeladene und schloss sich ihm an.

Das Essen war von erlesener Qualität und wurde von einem Haussklaven aufgetragen. Der Hauptmann behandelte Ermin als Gleichgestellten, er war sichtbar um bleibende gute Beziehungen zu den Chatten bemüht. Durch ein ruheloses Leben im Militärdienst war er war ohne Gefährtin geblieben. Für die jüngeren Offiziere in den Legionen war es notwendiges Schicksal, dass sie von einer fernen Provinz in die nächste versetzt wurden.

Der Centurio war so im ganzen großen römischen Reich von Palästina bis Britannien schon im Einsatz gewesen. Seinen niedrigen Rang als Befehlshaber eines Grenzkastells, trotz seiner langen Dienstzeit, war begründet durch seine Herkunft aus dem niederen römischen Adel. Höhere Stellungen, wie die des Statthalters oder Befehlshaber von Legionen und Kohorten, waren ehemaligen Senatoren oder deren Söhnen aus dem höchsten römischen Adel vorbehalten.

Der Centurio stand jedoch in hohem Ansehen bei diesen Herren, bedingt durch sein Geschick und seine Umsicht im Umgang mit den Grenzvölkern. Die Chatten wurden als besonders schwierige Nachbarn in Rom betrachtet, dort fürchtete man jede kriegerische Auseinandersetzung mit diesem wilden freiheitsliebenden Volksstamm.

Für den Fall, dass die Chatten und benachbarte Stämme wieder ihre Kriegsherzöge wählten, lagen immer zwei Legionen und zusätzliche Hilfstruppen im Grenzbereich. Der Anlass für solch einen Konflikt konnte ein unbedeutender Vorfall sein, die Grenzstämme waren in dieser Hinsicht unberechenbar. Hier war der Centurio der richtige Befehlshaber, sein Rat war gefragt.

# 24
# U L K A

Ermin bedankte sich bei dem Centurio für die Abwicklung seines Anliegens und begab sich zu den Mannschaftsquartieren auf der Suche nach Yako. Er fand ihn zusammen mit Ulka und Hermert und berichtete, dass das endgültige Urteil in Hirsfild ausgesprochen werden sollte, auf der Grundlage der Zeugenaussagen. Yako war voller Freude, er musste sich keine große Sorge mehr um seinen Freund machen, bei dieser übereinstimmenden und eindeutigen Lage. Doch die dunklen Wolken am Himmel waren noch nicht verschwunden, das sollte er schon bald leidvoll erfahren.

Er verabschiedete sich zu einer neuen Übungsstunde bei dem Fechtmeister und Hermert begleitete ihn. Ermin war mit Ulka allein, er hatte darauf gehofft, hätte aber nicht gewusst, wie er das anstellen sollte. Er sah sie an, sie wich seinem Blick aus. Er hatte von Belgard erfahren, dass sie noch ohne Gefährten war und sein Herz hatte dabei einen kleinen freudigen Hüpfer gemacht.

Aber jetzt saß er ihr gegenüber und wusste nicht was er sagen sollte. Schließlich fragte er: „Was erwartest du für einen Urteilsspruch für Wandur?"

„Er ist ohne Schuld und hat sich nichts zuschulden kommen lassen. Ich wünsche ihm, dass das Thing auch so urteilt", sagte sie sehr bestimmt. „Denkst du noch oft an ihn?"

„Die Zeit, als er hier im Kastell war liegt schon lange zurück, ich denke nicht mehr an ihn, er ist für mich nicht mehr da", sagte sie. Ahnte sie seine Absicht und wollte ihm mit dieser Antwort entgegenkommen?

Für Ermin kam jetzt der entscheidende Punkt, er wollte sie fragen, ob sie als seine Gefährtin zu ihm kommen wollte.

„Ulka, meine Gefährtin ist gestorben und ich bin noch nicht so alt, dass ich allein bleiben will, ich brauche eine neue Gefährtin auch als Herrin in meinem Haus. Ich habe einen großen Hof mit zwei Mägden und einem Knecht und bin Häuptling in Hirsfild. Von Belgard habe ich gehört, dass du keinen Gefährten hast, du gefällst mir sehr und ich möchte dich fragen, ob du zu mir kommen willst."

Ulka blickte ihn an und er bewunderte jetzt auch ihre strahlenden Augen: „Ich kenne dich nicht und kann mich so nicht entscheiden", sagte sie. „Wenn du das ernsthaft willst, musst du zuerst zu meinem Vater gehen und mit ihm sprechen."

Er blickte nachdenklich an ihr vorbei auf das Markttreiben und antwortete: „Ich frage jetzt den Centurio, ob er dich noch braucht, sonst gehe ich mit dir morgen zu deinem Vater und spreche mit ihm." Ulka wusste nicht, ob sie sich freuen sollte, sie musste sich erst wieder frei machen von dem Verhör und ihren Zeugenaussagen.

„Mit Ulka bekommst du die Frau, die auf einem großen Hof für Ordnung sorgen kann. Ich kenne ihre Eltern schon lange Jahre, sie beliefern uns zuverlässig mit Vorräten. Den Bericht an den Herzog und den Statthalter habe ich meinem Sekretär diktiert und schicke ihn ab, sobald dieser ihn geschrieben hat. Es bleibt alles wie besprochen, du kannst zu Ulkas Vater gehen, meinen Segen hast du. Komme aber auf dem Rückweg hier vorbei und berichte mir", sagte der Centurio. Schmunzelnd fügte er hinzu „Ich will mich schließlich auch an deinem Glück erfreuen."

Mit dieser für ihn guten Nachricht ging er wieder zu Ulka, die zurückhaltend lächelte. Er schickte Yako auf den Weg nach Schwarzfeld, wo er Wandur und Gerold Nachricht geben sollte. Hermert ging zurück zu seinem Bauernhof, der Centurio ermahnte ihn nicht über seine Aussage zu sprechen, das sei Sache des Gerichts.

Am nächsten Morgen verabschiedeten Ermin und Ulka sich von dem Centurio und machten sich auf den Weg zu ihrem Vater. Ermin war glücklich, aber auch etwas unsicher, noch hatte Ulka sich nicht entschieden. Er hatte auf dem Markt ein Jagdmesser mit Hülle für ihren Vater und eine Fibel für die Bekleidung ihrer Mutter gekauft. Für Ulka wollte er ein Geschenk auf dem Rückweg kaufen, falls sie mit ihm gehen würde.

Bei der Wettereiche machten sie Rast und Ulka sagte: „Hier hat Norgert Wandur angegriffen und wurde getötet." Ermin betrachtete die Stelle der Katastrophe nachdenklich. Nichts deutete auf einen derartigen Vorfall hin.

Er erzählte ihr von Wandurs schwerer Verwundung, seiner Rettung vor den Räubern durch Yako und seiner Heilung durch Runa und Nelda seiner Gefährtin. Auch von Runas tragischem Tod, als er sie nach Hirsfild holen wollte.

Sie fragte: „Bringst du Frauen Unglück?", und lachte dabei. „Das ist gut für Wandur, dass er eine neue Gefährtin hat und mich vergisst, wie ich ihn vergessen habe."

„Wie heißt sie?", weibliche Neugier lässt sich halt nicht unterdrücken. „Nelda, sie ist aus seinem Dorf", antwortete er und eine freiere Ulka wurde für ihn spürbar, sie hatte die düstere Stimmung, die durch die Zeugenaussage entstanden war, überwunden.

Sie gingen weiter und bald lag der Bauernhof vor ihnen. Ermin staunte, das war ein großer Hof, den man von der Anhöhe überblicken konnte. Ein großes Langhaus war von verschiedenen Speichern und einem Zaun umgeben. Wiesen mit weidendem Vieh, ein großer Schweinepferch und Frucht tragende Äcker schlossen sich an. Hier war mehr Platz für Nutzland, der Wald lag weiter zurück als in seinem Dorf.

Sie kamen in den Hof und eine wütende Hundemeute empfing sie, die Ulka aber beruhigen konnte. Sie führte ihn zum Haus und zu ihren Eltern. Bauer Gernot, den der Knecht Hermert schon informiert hatte empfing ihn freundlich, nicht ahnend, dass er um die Hand seiner Tochter anhalten wollte.

Er zeigte ihm sein Lager in dem großen Haus, wo er übernachten konnte. Da es auf die Abendstunde ging, lud er ihn zur Mahlzeit ein. Diese wurde am Herdfeuer aufgetragen und war schmackhaft zubereitet, so wie das in Hirsfild auch der Fall gewesen wäre. Der Einfluss der Römer war nur in dem Getränk spürbar, welches gereicht wurde. Es gab roten Wein an Stelle des allgegenwärtigen Bieres im Chattenland.

Nach dem Essen verschwanden Ulka und ihre Mutter und Ermin konnte auf den Grund seines Besuches zu sprechen kommen.

„Bauer Gernot ich danke dir für die freundliche Aufnahme auf deinem Hof, du weißt, weshalb ich im Kastell war. Dein Anwesen ist groß und ich bewundere deine Tüchtigkeit. Ich möchte aber auch um die Hand deiner Tochter Ulka anhalten. Ich bin Ermin der Häuptling von Hirsfild und den umliegenden Dörfern. Mein Hof ist nicht so groß wie deiner, aber ich habe ein großes Langhaus mit Vorratsspeichern, Wiesen und Äckern, mit Rindern, Schafen, Schweinen und Ziegen. Die Arbeit erledigen ein Knecht und zwei Mägde, es fehlt die ordnende Hand einer Hausherrin. Meine Gefährtin ist verstorben, ich habe keine Kinder, deine Tochter gefällt mir sehr gut und ich glaube, sie wäre eine gute Hausherrin für mich."

Gernot antwortete: „Meinen großen Hof verdanke ich vor allem den Verträgen, die ich mit den Römern geschlossen habe. Wir versorgen das Kastell mit Vorräten und mit Pferdefutter. Ich hoffe, dass ich das alles meinen beiden Söhnen und Ulka hinterlassen kann. Bevor wir über Ulka reden, erzähle mir wie die Zeugenvernehmungen durch den Centurio abgelaufen sind."

„Centurio Frontius ist ein großartiger Mann. Er hat die Befragungen mit viel Geschick durchgeführt. Ulka und dein Knecht waren sehr angespannt, der Centurio ist für sie ein hoher Herr, mit dem sie nicht jeden Tag zusammenkommen. Aber beide haben ihre Sache gut gemacht und nacheinander beinahe gleichlautend gesprochen. Der Centurio sieht die volle Schuld bei dem Sohn des Herzogs, er hat Wandur ohne Grund angegriffen und wollte ihn töten. Wandur hat sich gewehrt und das war Norgerts Ende.

Er hat einen Bericht diktiert, den er dem Herzog und seinem Statthalte schicken wird. Darin schreibt er, dass das endgültige Urteil vom Thing in meinem Dorf gesprochen werden muss, da Wandur dort lebt. Er will vor allem keinen Streit mit den Grenzstämmen und der Statthalter wird ihm da zustimmen", erklärte Ermin ihm.

„Das Urteil liegt dann ja fest, Wandur ist ohne Schuld. Nur schlimm, dass so etwas hier bei mir geschehen musste." Gernot war nachdenklich, „Der Herzog wird das Urteil anerkennen, er weiß, wie jähzornig sein Sohn war, aber die beiden Brüder werden auf Rache sinnen und wir müssen uns davor schützen."

Die beiden Männer fanden zunehmend Gefallen aneinander, hier trafen sich Gleichgesinnte. „Ich werde mit Ulka und der Mutter sprechen und dir morgen meine Entscheidung mitteilen", sagte der Bauer abschließend und man begab sich zur Ruhe.

Am nächsten Tag wurde Ermin zu Gernot gerufen, der mit Ulka unter dem großen Apfelbaum vor dem Langhaus saß. Ermin begrüßte Vater und Tochter und war gespannt was man ihm mitzuteilen hatte. Ulka blickte ihn nicht an, sie sah stumm vor sich hin.

„Ich muss dir mitteilen, dass meine Tochter sich nicht entschließen kann als deine Gefährtin mit dir zu gehen, sie kennt dich zu wenig und ich werde sie auch nicht zwingen", sagte Gernot, „wir haben einen anderen Vorschlag für dich. Sie geht mit dir, um ihre Aussage vor dem Thing zu bestätigen. Ich gehe mit dir zum Kastell, um den Centurio zu bitten, dir zwei zuverlässige Soldaten mitzugeben, die sie zurückbringen, falls sie nicht bei dir bleiben kann oder will. Du musst mir sagen, ob du damit einverstanden bist."

Ermin brauchte nicht lange zu überlegen: „Ich bin mit allem einverstanden, wenn sie nur mit mir geht und sieht, dass ich es gut mit ihr meine." Ulka hob den Kopf und lächelte zum Zeichen sie war einverstanden.

„Ich bitte dich um noch etwas, nimm auch meinen Knecht Hermert mit und gib ihm Arbeit auf deinem Hof, er ist hier in Gefahr. Die Norgert Brüder werden erfahren, dass er nicht für ihren Bruder ausgesagt hat und ihn mit ihrem Hass verfolgen. Hier auf dem Hof ist er sicher, aber außerhalb kann er jederzeit gefangen genommen und zu Tode gefoltert werden." Ermin war auch damit einverstanden. Er überreichte seine Geschenke welche freudig angenommen wurden.

## 2 5
## DAS URTEIL

Und so machte man sich auf zum Kastell, mit vier Pferden, die Gernot gestellt hatte, und dort empfing sie ein freudiger und auch etwas neugieriger Hauptmann, was war mit dem jungen Paar? Ulka war mit dabei, aber aus Ermins Miene schloss er, dass doch nicht alles so glatt gelaufen war. Auf Gernots Frage sagte er: „Ich gebe Ermin meinen besten Unteroffizier Saltius und einen Gefolgsmann mit, der soll mir auch das Ergebnis vom Thing in Hirsfild mitteilen."

In Schwarzfeld war Yako inzwischen eingetroffen und freudig begrüßt worden, besonders Wandur wollte natürlich wissen, ob Ermin etwas erreicht hätte. Das konnte Yako bestätigen, vor allem berichtete er über die freundliche Haltung des Centurio. Die Last welch von Wandur abfiel war enorm, er war erleichtert.

Yakos Frage war natürlich, ob wieder Wildschweine in der Falle waren, die Wandur bejahte: „Ein weiteres Schwein haben wir gefangen und das hat dein Vater bekommen." Für den nächsten Tag hatte sein Vater wieder genügend Arbeit für ihn, aber zur Wildschweinfalle wollte er mit Jodolf und Hordula unbedingt.

Im Kastell machte man sich zur Rückkehr nach Hirsfild bereit. „Die Pferde sollen die Soldaten mit zurückbringen", sagte Gernot zu Ermin, „wenn Ulka bei dir bleibt soll sie zwei davon behalten und dir schenken." Ermin war voller Hoffnung auf ein gutes Ende seines Wunsches und kaufte für diesen Fall einen Bernstein Anhänger auf dem Markt. Die fünfköpfige Karawane setzte sich zu Pferd in Bewegung Richtung Sanlot und Schwarzfeld. Als sie dort ankamen staunten die guten Dorfbewohner, so viele Reiter hatten sie noch nie zusammen gesehen.

Die beiden römischen Soldaten wurden misstrauisch bis feindlich angesehen, aber Ermin erklärte, dass sie zu ihrem Schutz und damit in freundlicher Absicht hier wären. Ermin begrüßte Wandur in Schwarzfeld und berichtete in Kürze über die vergangenen Tage, worüber er schon von Yako informiert worden war. Ohne zu übernachten ritten sie weiter und Ermin sagte zu Wandur, dass er in 3 Tagen zum Thing in Hirsfild kommen sollte. Außerdem sollten Rodulf, Helmfried, Bolgur und Yako als Teilnehmer am Thing und Vertreter von Schwarzfeld dann da sein.

Wandur wollte Ulka begrüßen, aber sie wandte sich ab und wollte nur weiter: „Unsere kurze gemeinsame Zeit ist vorbei", sagte sie. Aus dem Hintergrund des Hauses beobachtete Nelda sie und war ein klein wenig eifersüchtig auf das schöne Mädchen. Aber voll Selbstbewusstsein sagte sie sich, ich bin genau so schön!

In Hirsfild begrüßte sie Gerold und hatte keine aufregenden Nachrichten für Ermin. Er bewunderte die hübsche junge Frau, Ermin sagte: „Das ist Ulka, wir brauchen sie für eine Zeugenaussage." Von seiner weiteren Absicht wollte er, auch einem guten Freund gegenüber, noch nicht reden.

Die Pferde wurden versorgt und den Soldaten sowie dem Knecht ihr Lager zugeteilt. Dem Knecht erklärte Ermin seine Aufgaben für den folgenden Tag. Den Unteroffizier Saltius mit seinem Soldaten, bat er nur in Begleitung seines Knechtes in das Dorf zu gehen, um Feindseligkeiten der Bewohner zu vermeiden, ihre Bewaffnung sollten sie dabei ablegen.

Für die beiden Auxiliarsoldaten war der Besuch eines Chattendorfes ein nützliches Erlebnis, das waren im Fall eines Konflikts ihre Feinde und nur so hatten sie Einblick in das Dorfleben in den Walddörfern. Sie waren beide ebenfalls Germanen, aber von weitab liegenden Stammesgebieten. Saltius war im mittleren Alter und nach Beendigung seiner 25-jährigen Dienstzeit würde er Land für ein bäuerliches Anwesen im Grenzgebiet erhalten. Dazu brauchte er dann auch eine Gefährtin, die er bisher noch nicht hatte. Vielleicht wollte der Centurio ihn bei seinem Ausscheiden aus dem Militärdienst mitnehmen in seine Heimat, in diesem Fall würde man ihm sicherlich den Rest seiner Dienstzeit erlassen. Aber ob er dieses Angebot in ein fremdes Land zu gehen, annehmen würde das wusste er noch nicht.

Sie machten in Begleitung einen Rundgang durch das Dorf und konnten sich vom dem rein bäuerlichen Aussehen überzeugen. Es überraschte ihn, dass keine Bewaffneten zu sehen waren, entgegen den Schilderungen, die von den Chatten als einem grimmigen Kriegervolk sprachen, nein hier lebten fleißige Bauern.

Ulka war zur gleichen Zeit mit einer Magd von Ermin auf einem Rundgang durch die Ställe, Vorratsspeicher auf dem Hof und durch das Dorf. Als Bauerntochter von einem großen Anwesen konnte sie beurteilen, dass alles in gutem Zustand war. Ermin war ohne Zweifel ein wohlhabender Mann mit einem ansehnlichen Besitz. Er ermunterte sie sich umzusehen und Wünsche zu äußern, aber sie ging nicht weiter darauf ein, erst wollte sie sich eine eigene Meinung bilden und einen Entschluss fassen, hierbleiben als seine Gefährtin oder zurück zum väterlichen Hof.

Der Tag, an dem das Thing stattfinden sollte, nahte und die Gäste aus Schwarzfeld trafen ein, zuerst Yako, der sofort auf dem nachbarlichen Hof verschwand, wohnte da seine Freundin? Dann kamen die übrigen Männer mit Wandur. Ermin bat ihn bis zum Beginn des Things im Haus zu bleiben, er wollte ihn dann rufen.

Ermin wollte nur je vier Männer aus Schwarzfeld und Hirsfild für die Verkündung des Urteilsspruches auf seinen Hof rufen und keine Versammlung des ganzen Ortes. Gegen Abend erschienen auch die Männer aus Hirsfild, darunter Gerold, und nahmen zusammen mit den Männern aus Schwarzfeld auf den bereitgestellten Bänken Platz, Yako kam vom Hof nebenan. Es war eine Ehre für ihn, er nahm zum ersten Mal an einem Thing teil.

Ermin rief den Angeklagten Wandur und den Unteroffizier Saltius, er sollte später dem Centurio berichten.

Er eröffnete das Thing und erklärte noch einmal den Grund ihrer Versammlung und, dass der Sohn des Herzogs von Nida bei diesem Streit ums Leben gekommen war. Die Anwesenden sahen prüfend bis kritisch zu Wandur hinüber, sie kannten ja bisher den ganzen Vorgang nicht.

Als erste Zeugin war Ulka schon vor der Zusammenkunft der Männer gehört worden, Ermin und Landolf hatten sie angehört, da sie als Frau nicht am Thing teilnehmen durfte. Sie hatte von dem Ablauf des Geschehens, welches sie aus ihrem Versteck im Busch beobachtet hatte, berichtet und Ermin gab ihren Bericht zur Kenntnis der anwesenden Männer.

Ermin rief Hermert, den zweiten Zeugen, und erklärte den Männern seinen Stand auf dem Hof von Ulkas Vater. Der Knecht berichtete ausführlich über das Geschehen und wurde wieder in das Haus geschickt. Ermin gönnte den Männern eine Ruhepause zum Nachdenken und zu Gesprächen untereinander.

Er sagte: „Fragt mich, wenn ihr etwas wissen oder die Zeugen noch einmal hören wollt."

Wandur wurde gefragt, ob er etwas zu den Aussagen der Zeugen hinzufügen wollte: „Nein, ich brauche nichts hinzuzufügen, beide Zeugen haben das Geschehen genauso geschildert, wie es abgelaufen ist. Wenn ich mich nicht gewehrt hätte, wäre ich erschlagen worden." Ermin schickte ihn für die Dauer ihrer Beratung in das Haus.

Der ganze Vorgang war ausführlich geschildert worden, kein Wunder, die Zeugen hatten ja durch ihre wiederholten Befragungen schon gehörig Übung. So wie sie den Ablauf geschildert hatten, lag der Fall ganz eindeutig zugunsten von Wandur. Aber Ermin sah sich getäuscht als er glaubte, die Thingmänner würden auch so entscheiden, vielmehr entstand eine heftige Diskussion zwischen den Männern aus Schwarzfeld und denen aus Hirsfild. Letztere waren der Meinung, dass Wandur durch sein Verhalten ihren Dörfern geschadet hätte, außer Gerold, der sich neutral verhielt.

Sie meinten, dass Wandur dem Sohn des Herzogs nicht störend in seine Pläne mit dem Bauernmädchen hätte fahren dürfen. Sich so einen mächtigen Mann wie den Herzog von Nida zum Feind zu machen, war einfach dumm, das war ihre Meinung. Außerdem hätte Ermin die Verurteilung den Römern überlassen sollen, Wandur war ein Fremdling in Schwarzfeld, er sollte sein Geschick selbst tragen und nicht ihre Dörfer damit belasten.

Ermin stand vor einem Problem, wie sollte er diese Anschuldigungen entkräften, er wusste wie starrsinnig seine Bauern sein konnten. „Wir wollen damit nichts zu tun haben", war schließlich die zusammengefasste Meinung, „schickt Wandur zu den Römern, die sollen über ihn urteilen."

Die Männer aus Schwarzfeld schwiegen zunächst betroffen, damit hatten sie nicht gerechnet. Gerold meldete sich zu Wort: „Denkt daran, Wandur ist ein freier Bauer, er muss sich auch vor dem Sohn eines Herzogs nicht beugen."

Rodolf stand auf und sagte, nachdem er mit Yako geflüstert hatte: „Wandur gehört zu unserem Dorf, er ist erst seit kurzer Zeit da, hat aber schon viel für Schwarzfeld getan. Wir müssten uns schämen, wenn wir ihn jetzt im Stich lassen würden, nur weil wir unsere Ruhe haben wollten."

Ermin wollte die Sitzung zu einem Ende bringen und sagte: „Wir wollen abstimmen, wie es von alters her Brauch ist. Ich frage, wer sieht eine Schuld bei Wandur und ist dafür ihn an die Römer auszuliefern, oder wer sieht keine Schuld bei ihm?"

Für schuldig waren die Männer aus Hirsfild unter Führung des Sehers Landolf, nur Gerold stimmte mit den Männern aus Schwarzfeld für nicht schuldig. Damit war die Entscheidung mit fünf zu drei für nicht schuldig gefallen. Ermin enthielt sich, er hätte nur mit abgestimmt, wenn es bei vier zu vier geblieben wäre und dann hätte er für nicht schuldig gestimmt.

Wandur wurde gerufen und Ermin sagte zu ihm: „Wir haben deinen Fall besprochen und für nicht schuldig gestimmt. Du bist ein wertvolles Mitglied in unseren Dörfern und so soll das bleiben." Freudiges Gemurmel bei den Männern aus Schwarzfeld, Yako konnte es nicht verhindern, er hatte leicht feuchte Augen, die aber glücklich strahlten.

Die Bauern aus Hirsfild schwiegen, aber ein gemeinsam gefasster Beschluss des Things war unumstößlich und musste akzeptiert werden. Nur Landolf erhob sich und verließ Ermins Hof, obwohl dieser noch zu einem Trunk eingeladen hatte.

Yako setzte sich neben Wandur und versuchte ihn aus seinen trüben Gedanken aufzumuntern. Aber das wollte an diesem Abend nicht so recht gelingen. Der Unteroffizier Saltius hatte der Versammlung aufmerksam zugehört und war erstaunt wie die wilden Chatten solche Probleme lösten. Die waren gar nicht so wild wie die Römer glaubten. Auch darüber wollte er dem Centurio berichten.

Im Laufe des Abends beruhigten sich die Gemüter wieder und die Hirsfilder Bauern schlossen neue Freundschaft mit den Männern aus Schwarzfeld. Yako musste als Neuling im Thing eine Geschichte erzählen und gab eine ganz erstaunliche Neuigkeit von sich, womit er größte Aufmerksamkeit erfuhr. Das geschah nicht freiwillig, sondern er war so überrascht und unvorbereitet, dass er zur nächstbesten Geschichte griff, die ihm gerade einfiel.

„Als wir durch Sanlot kamen auf unserem Weg zum Kastell, gab mir Hergurd eine geschnitzte Götterfigur, die ich im Kastell seiner Freundin geben sollte. Er hatte uns bei unserem vorherigen Besuch begleitet und wir hatten bemerkt, dass er mit der schwarzhaarigen Verkäuferin an der Küche länger gesprochen hatte."

Unteroffizier Saltius unterbrach ihn: „Das ist Rosella, sie kommt aus einem fernen Land in Gallien und ist ebenso wie die andere Verkäuferin eine Sklavin des alten Marktmeisters. Er ist kinderlos und hält die beiden Mädchen wie eigene Töchter. Aber erzähle weiter, sie mag Männer mit hellen Haaren."

Yako war unsicher und wünschte ihm wäre ein anderes Thema für seine Geschichte eingefallen: „Ich zeigte ihr die Figur und sie sagte, das ist schön, dass du mich besuchst, als du letztes Mal hier warst, hast du einen Bogen um unseren Stand gemacht. Komm zu mir hinter den Vorhang, ich habe nämlich auch etwas für Hergurd." Sie fasste mich an der Hand und zog mich hinter den Vorhang, wo ich mich auf eine gepolsterte Bank setzen musste.

Sie setzte sich neben mich und ich merkte, sie hatte gar kein Geschenk für Hergurd, sie wollte nur mit mir sprechen." Die Männer hörten ihm belustigt zu, Yakos Vater war ärgerlich, dass sein Sohn mit solch einem verfänglichen Thema angefangen hatte. „Erzähle weiter, ihr habt doch nicht nur miteinander gesprochen", sagte einer der Männer, „wenn dich dein Vater stört, schicken wir ihn weg."

„Vater stört mich nicht, wir haben wirklich nur miteinander gesprochen, sie ist ganz freundlich. Als sie aber anfing mich zu streicheln und mir immer näher rückte, bin ich..." „Geflüchtet", unterbrach ihn einer der

Männer. Yako war verlegen, „Ja", sagte er, und erkannte, dass ein Verhältnis zwischen Mann und Frau doch ganz schön kompliziert sein kann. Den Männern hatte sein Bericht viel Spaß gemacht, sie hätten allerdings gerne mehr gehört. Helmfried sagte: „Nachdem du so ein gefährliches Abenteuer bestanden und uns darüber berichtet hast, nehmen wir dich als Mitglied im Thing unserer Dörfer auf." Beifälliges Gemurmel kam von den anderen Männern.

Der Abend endete in fröhlichen Gesprächen und Gelächter über Yakos Abenteuer und er musste noch manchen Scherz über sich ergehen lassen. Wandur war in sein Quartier verschwunden, er war nicht in der Stimmung da mitzumachen.

## 2 6
## AUF BRAUTSCHAU

Am nächsten Morgen rüsteten sich die Männer aus Schwarzfeld zur Abreise. Yako sprach seinen Vater an, ob er mit ihm zum Nachbarn von Ermin gehen wollte als Brautwerber.

Dort wohnte der Bauer Ortwen und um dessen Tochter Ulla, sollte sein Vater für unser junges Thingmitglied werben. Bauer Ortwen lebte in ständigem angespanntem Verhältnis mit Ermin, wobei man nicht sagen konnte, dass er der Verursacher der Zwietracht wäre, nein, die Reibereien entstanden durch die nachbarliche Nähe und die vielen Berührungspunkte, die zwei große Bauernhöfe boten.

Als Rodulf und Yako auf seinen Hof kamen, ahnte er was kommen sollte, begrüßte die Besucher aber freundlich. Er war am Vorabend auch auf dem Thing und hatte mit Rodulf gesprochen. Als Ulla die beiden Männer kommen sah, verschwand sie eilig im Haus.

„Bei dem schönen Wetter können wir draußen sitzen", sagte er zu seinem Besuch, was man dann auch tat. Eine Magd brachte einen Krug mit frischem Wasser und Becher. Nach einleitenden Worten über Vieh, Ernte und Gesundheit, bei denen der angehende Bräutigam nicht zu Wort kam, wandte Rodulf sich dem Grund des Besuches zu: „Mein Sohn Yako, den Du gestern schon auf unserer Versammlung gesehen hast", nicht nur gestern, zweimal vorher auf meinem Hof auch schon, dachte Ortwen, „kommt in ein Alter, in dem sich ein angehender Bauer eine Gefährtin suchen muss. Er hat bei den Besuchen hier deine Tochter gesehen, auch schon mit ihr gesprochen", hoffentlich nur gesprochen, dachte der sorgsame Vater, „und Gefallen an ihr gefunden. Ich frage dich für meinen Sohn, ob du ihm deine Tochter als Gefährtin geben willst, da er meint auch bei ihr Zuneigung entdeckt zu haben. Alle Fragen, die du an uns hast, wollen wir dir gerne beantworten."

Ortwen stieß einen Schnaufer aus, der zeigte, dass ihm das Thema ungelegen kam. Er sah beide an und fand Gefallen an dem frischen kräftigen jungen Mann, der um seine Tochter anhielt. Aber, da gab es Hindernisse: „Ich sehe Yako nach seinem gestrigen Eintritt in den Kreis der Männer als tüchtigen jungen Bauern an, daran zweifle ich nicht. Was ich über seine mutigen Taten gegen Räuber gehört habe, macht ihm in seinen jungen Jahren alle Ehre. Zu meiner Tochter, sie ist ein liebes freundliches Mädchen, welches ihrer Mutter viel Freude macht. Sie lernt viel von ihr und hilft ihr im Haus und auf dem Hof, wo sie nur kann."

„Dazu hätte sie auf unserem Hof auch ausreichend Gelegenheit", sagte Rodulf. Ortwen lächelte und fuhr fort: „Aber sie weiß und kann längst noch nicht alles, dazu ist

169

sie noch zu jung und leider muss ich aus diesem Grund eure Werbung ablehnen. Dein Sohn bringt alles mit was einen guten Gefährten für unsere Tochter ausmachen würde, aber wir können dem noch nicht zustimmen. Sie ist erst vierzehn Winter alt und noch zu jung. Mindestens zwei Winter muss sie noch auf dem Hof bleiben." Er ging ins Haus und kam mit Ulla wieder, die schüchtern unter sich blickte und die beiden Besucher begrüßte.

Ortwen sah sie prüfend an, sie ahnte noch nichts von seiner Entscheidung. Yako bedauerte sie, eine große Enttäuschung kam auf sie zu. Ihr Vater wollte es kurz machen und sagte: „Yako möchte dich als seine Gefährtin haben, aber das geht nicht, du bist noch viel zu jung. Ich bin mit deiner Mutter einig und wir müssen die Werbung ablehnen." Seine Tochter rannte ins Haus, Tränen in den Augen. Lautes Geheule war von da zu hören, Ulla klagte der Mutter ihr Leid. Yako war traurig, aber gleichzeitig erkannte er zusammen mit seinem Vater, wie vernünftig diese Entscheidung war.

Rodulf versicherte dem Bauern, dass kein Groll zwischen ihnen bleiben würde wegen der Ablehnung, sondern, es war einzusehen, die Entscheidung war richtig im Sinne seiner Tochter. Bei dieser Gelegenheit hatten sie sich besser kennen gelernt, gut für zukünftige Gemeinsamkeiten. Man verabschiedete sich in aller Freundschaft. Als Yako fragte, ob er sich von Ulla verabschieden dürfte, sagte Ortwen: „Jetzt besser nicht", und man ließ es dabei bewenden.

Die Männer aus Schwarzfeld waren mit Wandur bereits abmarschiert. Ermin ahnte nichts Gutes, als er sah, dass Ulka ebenfalls mit den Legionssoldaten fortwollte. Er fragte: „Ulka, hast du dich entschieden und bleibst hier?" Sie schüttelte traurig, trotzig den Kopf: „Nein ich bleibe nicht, ich gehe." „Warum willst du nicht bleiben, bei mir hättest du es gut?" „Da du mich fragst, will ich dir auch ehrlich Antwort geben, wie ich es von meinem Vater gelernt habe. Ich kann dich gut leiden, du bist ein tüchtiger ehrlicher Mann, aber bei dir würde ich mich immer wie bei einem anderen Vater fühlen, du bist so viel älter als ich. Lasse mir die Freiheit mir einen Mann in meinem Alter zu suchen, den ich mag und der mich auch mag. Dem will ich eine gute Gefährtin sein."

Ermin hatte schon viele bittere Nachrichten im Leben hinnehmen müssen, die ihn aber alle zusammen zu dem gemacht hatten, was er heute war, ein gestandener Mann, der wusste, wo sein Platz im Leben war. Dies war wieder so eine Nachricht, er war sich nicht sicher, wie er das ertragen sollte, erst Runa ermordet, jetzt Ulka, die ihn nicht haben wollte.

Er atmete tief durch und sagte: „Es ist dein Entschluss, ich kann dir nicht im Wege stehen und wünsche dir, dass du den richtigen Gefährten findest." Darauf verabschiedete er sich von ihr.

Yako kam vom Nachbarn zurück und konnte nicht umhin zu ihr zu sagen: „Du siehst so traurig aus, was ist passiert, mit unserem Urteil ist doch alles in Ordnung?"

„Du siehst genauso bedrückt aus", entgegnete sie und beide mussten lachen. Es war ein befreiendes Lachen, welches Beiden guttat.

Der Unteroffizier war mit seinen Soldaten noch mit den Vorbereitungen für die Abreise und den Pferden beschäftigt. Yakos Vater hatte sich auf den Weg gemacht, er wollte die Männer aus Schwarzfeld noch einholen und hatte Yako gesagt, er sollte ihm bald folgen. Doch daran dachte er im Moment nicht, er setzte sich mit Ulka vor das Gehöft und sie sagte: „Wir wollen uns unsere traurigen

171

Geschichten erzählen, das wird uns aufmuntern, beginne du."

Yako freute sich über das nun munter gewordene Mädchen an seiner Seite und erzählte von seiner kurzen Freundschaft mit Ulla und dem jähen Ende durch die abgelehnte Werbung. Sie sagte so etwas wie: „Ach, du Armer", und strich ihm leicht über das Haar. „So jetzt bist du dran", sagte Yako und sie begann zögernd zu erzählen von ihrem zu Hause, von dem Sohn des Herzogs, der ihr nachgestellt hatte und von ihrer kurzen Freundschaft mit Wandur. Aber das wusste Yako bereits von dem Thing.

„Wie kam er auf euren Hof?", fragte Yako. „Er war im Kastell beschäftigt und transportierte die Vorräte mit einem Pferdekarren. Die Geschichte vom Tod Norgerts kennst du ja von der Verhandlung im Kastell und hier im Thing. Das hat mich alles sehr belastet und ich möchte frei davon werden." Yako dachte, wie gerne würde ich dir dabei helfen, sagte aber nichts. Sie fuhr fort:

„Ermin hatte mich bei der Verhandlung im Kastell gesehen und warb bei meinem Vater um mich. Ich konnte ihm nicht zustimmen, ging jedoch mit nach Hirsfild, um als Zeugin auszusagen. Mein Vater sagte, hier sollte ich mich endgültig entscheiden und eben gerade als du mich trafst, habe ich ihm abgesagt."

Yako begann zu träumen. Dieses schöne Mädchen war etwas älter als er und er hätte nie gewagt sie anzusprechen. Jetzt saß er hier mit ihr auf einer Bank und sie erzählten sich ihre Geschichten, welch ein Wunder. Ganz mutig geworden sagte er: „Komm mit mir nach Schwarzfeld und bleibe dort, solange du willst. Meine Mutter wird dich willkommen heißen. Ermin hatte mir erzählt, dass dein Vater Bedenken hatte wegen der beiden Brüder von Norgert, die auf Rache sinnen, bei uns bist du sicher."

Ulka sah ihn an, welche Hintergedanken hatte er bei diesem Vorschlag, oder wollte er ihr wirklich nur helfen? Yako gefiel ihr, sie hatte früher immer über ihn hinweggesehen, aber seit ihrem gegenseitigen Geständnis wuchs ihre Zuneigung zu ihm.

„Wird das deinem Vater recht sein?", fragte sie. „Da kann ich dich beruhigen, Vater sagt ja, wenn ich ihn bitte." Es war also abgemacht, sie würde in Schwarzfeld ihre Reise unterbrechen.

Auf dem Weg nach Schwarzfeld führten die Soldaten die übrigen Pferde am Zügel. Yako und Ulka gingen zu Fuß hinterher und redeten miteinander. Manchmal, wenn sie unbeobachtet waren, hielten sie sich an der Hand, wie sollte das enden?

Nach einer Übernachtung kamen sie in Schwarzfeld an und wurden von Yakos Eltern freudig begrüßt. Groß war das Erstaunen, als sie hörten, dass Ulka dableiben möchte. Brigga hieß sie herzlich willkommen, und wies ihr gleich eine Schlafstelle bei Balde an. Die versteckte sich zunächst hinter der Mutter, nahm aber dann den Besuch ganz für sich in Beschlag.

Rodulf fragte Yako nach dem Grund für Ulkas Bleiben, hatte aber nichts dagegen. Yako begründete das mit der Gefährdung welche der Vater zu Hause für sie befürchtete, verschwieg dabei seinen heimlichen Wunsch sie als Gefährtin zu gewinnen.

Die Soldaten übernachteten bei Helmfried und zogen am nächsten Tag weiter. Der Decurio sollte Ulkas Vater berichten, dass sie nicht bei Ermin, sondern im Nachbardorf vorläufig bleiben wollte. Die Pferde sollte er mit zurücknehmen, bis auf Ulkas Pferd, welches bei Rodulf bleiben sollte.

Wandur war von Nelda sehnlichst erwartet worden und sie begrüßte ihn liebevoll. Haus und Hof waren in bester Ordnung, sie hatte in seiner Abwesenheit tüchtig gearbeitet. Er wollte jetzt die Wiesen noch einmal mähen und die Ernte des Getreides stand an.

Zunächst gab es aber viel zu erzählen und Nelda war erleichtert über den guten Ausgang des Things. Er hatte ihr von seinen Treffen mit Ulka erzählt und dem tragischen Ende. Sie war erstaunt, dass Ulka als Zeugin in Hirsfild war, von dem Zusammenhang mit Ermins Werbung ahnten sie beide nichts. Wandur hatte auch von ihrer totalen Abwendung von ihm berichtet, was auch in seinem Sinne war, für ihn war Nelda jetzt sein Ein und Alles.

Ein Schatten fiel durch die Eingangstür, es war Yako, dessen erster Gang seinem Freund Wandur galt. Er wurde freudig begrüßt und Neuigkeiten wurden ausgetauscht. Yako berichtete, dass Ulka für einige Zeit bei seinen Eltern bleiben wollte. Von seinem heimlichen Einverständnis mit ihr und seinem Wunsch sie möge immer bleiben, sagte er nichts.

Aber Wandur sagte: „Ulka wäre eine passende Gefährtin für dich, warum willst du weitersuchen, frage sie und werbe bei ihrem Vater um sie." Der verlegene Yako war genau da getroffen, wo sein innerstes Geheimnis lag, sein größter Wunsch, aber er wollte sich nicht in etwas Unerfüllbares hineinsteigern. „Erst muss ich wissen, ob sie überhaupt einen Gefährten haben möchte", sagte er, war sich dessen aber schon ziemlich sicher.

Er wollte aber nicht mehr darüber reden und fragte Wandur nach seinen nächsten Plänen. „Ich will mich um unseren Hof kümmern, wir haben immer noch zu wenig gerodete Fläche, daran werde ich arbeiten." „Ich will dir helfen", sagte sein Freund.

Yako eilte zurück zu ihrem Hof und fand Ulka voll eingespannt als Gehilfin seiner Mutter. Sie lachte ihm fröhlich entgegen: „Während du Besuche machst, erledige ich mit deiner Mutter hier die Arbeit. So lerne ich am besten euren Hof kennen und all das Vieh."

Er wollte ihr die Wildschweinfalle zeigen und fragte seine Mutter, ob sie ihn begleiten dürfte. Die stimmte zu, sie sah ihm seinen Wunsch mit Ulka allein zu sein deutlich an. „Kommt aber bald zurück", sagte sie noch, da waren beide schon zum nahen Wald unterwegs.

Ulka konnte sich nichts darunter vorstellen und er erklärte ihr was sie gemeinsam gebaut hatten, um der Wildschweinplage Herr zu werden.

Yako war neugierig was wohl uns der Falle geworden war. Als sie dort ankamen und sich vorsichtig näherten, mussten sie feststellen, dass dieses Mal keine Beute in darin war, sie war leer. Das Tor war offen, Lockfutter in der Falle war da, aber das Futter am Tor war nicht mehr da, wahrscheinlich von Kleingetier gefressen.

Yako wollte im Dorf fragen, wann das letzte Wildschwein in der Falle war. „Beute kann ich dir leider nicht zeigen, es ist kein Wildschwein drin", sagte er zu ihr, die nichts antwortete, auf ihn zuging, die Arme um ihn schlang und sich eng an ihn schmiegte. Yako war einen Moment sprachlos, ein Glücksgefühl durchströmte ihn und er strich ihr über das Haar: „Willst du bei mir bleiben und meine Gefährtin werden?", fragte er. „Warum fragst du, du siehst es doch", sie nahm den Kopf zurück und sah ihn mit strahlenden Augen an.

Er strahlte zurück und dachte, diese Augen sind die schärfsten Waffen der Frauen, sie sind unwiderstehlich egal ob sie dich anstrahlen oder mit Tränen gefüllt sind, eine Erkenntnis, die schone viele Generationen von Männern vor ihm gemacht hatten und noch viele Generationen nach ihm machen würden. Jetzt aber genoss er den Augenblick.

Sie setzten sich am Waldrand auf einen umgestürzten Baumstamm, sie konnten Bolgurs Gehöft sehen. „Dort wohnt Bauer Bolgur, sein Sohn Jodolf ist mein Freund." Ulka war in Erzählerlaune, sie rückte nahe an ihn heran und begann von ihrem zu Hause, den Eltern und den Brüdern zu erzählen. Yako hörte interessiert zu, war aber abgelenkt, weil er sie heimlich von der Seite beobachtete, bewunderte.

„Wenn du mich haben willst und ich bei dir bleiben darf", er zog sie zu sich heran und sah sie strafend an. „Ja, ich weiß schon, du willst es, dann müssen wir auch zu meinen Eltern gehen und uns ihr Einverständnis holen."

„Aber das hat noch etwas Zeit, wir wollen meinen Eltern auch noch nichts von unserem Entschluss sagen, sie denken, dass so etwas gut überlegt sein muss, da wollen wir sie nicht beunruhigen." Sie nickte, ja das war vernünftig.

Sie gingen weiter zu Bolgurs Hof, wo sie Mutter Helge antrafen: „Das ist Ulka, sie wohnt bei uns und hilft Mutter bei der Arbeit", Yako stellte Ulka vor und sie wurde freundlich begrüßt.

„Unsere Männer sind auf dem Feld und den Wiesen, ich bin allein hier", sagte Helge. Doch schon kam Jodolf angerannt, der den Besuch von Weitem erkannt hatte. Er staunte über Yakos Begleiterin und begrüßte sie, nachdem dieser sie vorgestellt hatte. „Dein Vater kennt Ulka schon, sie war bei dem Thing als Zeugin. Aber was macht unsere Falle?"

„Ich habe sie regelmäßig zusammen mit Hordula kontrolliert, aber es sind keine von den Biestern mehr reingegangen. Ich glaube, wir müssen das Futter am Tor erneuern und dürfen dann einige Tage nicht mehr hingehen, damit sich die Schweine wieder herantrauen. Aber Erfolg haben wir gehabt, sie wühlen hier auf unseren Feldern nicht mehr."

Eine so lange Rede hatte Jodolf noch nie gehalten, aber Yako war informiert. Der Weg nach Hause führte sie über den Schwarzbach an Helmfrieds Hof vorbei. Ulka machte sich sofort an die Arbeit und half der Mutter, zum Spielen mit Balde blieb im Moment keine Zeit, Yako lief zum Wald, er wollte dem Vater helfen.

Rodulf schnitt mit einer Sichel Gerste ab, die gebündelt und in einem Lagerschuppen untergebracht wurde. Das Getreide stand in diesem Jahr schlecht, sie würden sehen müssen, wie sie damit über den Winter kamen.

Als Yako kam fragte er ihn als erstes: „Sohn, was sind deine Absichten mit dem Mädchen?" Diese Frage hatte Yako nicht erwartet, er antwortete dann aber wahrheitsgemäß: „Ich möchte sie als meine Gefährtin behalten und sie will auch bei mir bleiben. Vater, gib bitte auch du dein Einverständnis." „Das Mädchen macht einen guten Eindruck, mein Einverständnis gebe ich dir, aber was wird ihr Vater dazu sagen? Das ist ein reicher Bauer, der hat einen mehr als doppelt so großen Hof wie wir und dazu den Vertrag mit dem Kastell. Ich will nicht, dass du das Mädchen hierbehältst und dich dann doch wieder trennen musst, weil der Vater nicht einwilligt. Du musst schnellstens zu ihren Eltern, um das zu klären."

Yako sah das ein und war dem Vater dankbar, nur wenn das geklärt war, konnten Ulka und er weiter die Zukunft planen. Er wollte das am Abend mit ihr besprechen.

## 27
## IM RÖMERGEBIET

Decurio Saltius hatte das Kastell wieder erreicht und wurde mit Rufen wie „Warum bringst du uns keine Germaninnen mit?", begrüßt. Er ließ sich beim Centurio melden, welcher begierig war, Neues aus dem Chatten Land zu hören und ihn sofort empfing.

Für Saltius war es eine lehrreiche Exkursion gewesen, er hatte viel über die Chatten und das Land erfahren. Für den Centurio war es wichtig Nachrichten über die Chatten zu bekommen und für den Konfliktfall einen Mann zu haben, der sich im Land auskannte.

„Nun, Decurio wie ist es dir ergangen?", fragte er den Unteroffizier. Saltius berichtete zunächst von dem Dorfthing und dem Urteil gegen Wandur. Das war für den Centurio wie erwartet. Aber die Nachricht, dass Ulka nicht bei Ermin bleiben wollte, sondern in Schwarzfeld bei der Familie Yakos geblieben war, überraschte ihn doch.

„Sieh an, sie hat ihren eigenen Willen, das wird dem Vater Kopfschmerzen machen." Saltius berichtete weiter, dass ihn das Thing erstaunt hatte. Die Chatten hatten auch in dem kleineren Dorf den Ablauf sehr korrekt gestaltet.

Centurio Frontius nickte nachdenklich: „Sie sind gar nicht so wild wie wir immer denken, wir sind Eindringlinge in ihr Gebiet und müssen uns nicht wundern, wenn sie mit Waffengewalt gegen uns ziehen. Aber ich habe noch einen Auftrag für dich. Ich habe Bedenken, dass die Söhne des Herzogs immer noch Rache an Wandur und Ulka nehmen wollen. Du sollst als Späher zu ihrem Gutshof ziehen und mir berichten, was sich dort tut, und wo die Söhne sind. Du musst dich verkleiden als Händler oder Pilger, in deiner Militärtracht darfst Du nicht auftreten. Dabei übergibst du dem Herzog einen Brief von mir und fragst, ob er dir eine Antwort mitgeben will."

„Wie du befiehlst, Centurio." „Vorher bringst du die Pferde zum Hof von Gernot zurück und erstattest ihm Bericht. Richte ihm Grüße von mir aus, er soll es mich wissen lassen, wenn er Hilfe braucht."

Der Centurio war sehr zufrieden mit seinem Decurio, auf ihn war Verlass, er würde auch mit einer brauchbaren Auskunft vom Herzog zurückkommen.

Am Hof von Gernot wurde er freudig begrüßt, endlich kam Nachricht von ihrer Tochter. Doch was Saltius berichtete setzte die Eltern in Erstaunen, nicht Ermin war der Auserwählte, sondern wahrscheinlich Yako, den Gernot vom Kastell her flüchtig kannte. Hoffentlich hatte ihre eigenwillige Tochter da alles richtig gemacht. Spontan beschloss er, sich das vor Ort selbst anzusehen.

Saltius sollte bei Gernot nach den Söhnen des Herzogs fragen hatte der Centurio ihm aufgetragen. „Ich habe bisher nichts von ihnen gehört, werde aber morgen dem Centurio selbst berichten."

Saltius berichtete noch ausführlich von dem Thing in Hirsfild und Wandurs Urteil. Befragt nach Yako, konnte er nur berichten, dass er von dem jungen Mann einen guten Eindruck gewonnen hatte. Er erzählte, dass er seine Antrittsrede im Dorfthing halten musste und wie er sich dabei gut gehalten hatte, obwohl die Männer ihn geneckt hatten. Auch verschwieg er nicht seine Werbung um die Nachbarstochter Ulla, die mit Ablehnung vom Vater des zu jungen Mädchens endete.

Ulkas Mutter war besorgt: „Stellt er Frauen nach?", was Saltius aber verneinen konnte: „Eure Tochter bekommt den besten Gefährten, den sie sich wünschen kann, davon bin ich überzeugt. Ihr solltet alles tun damit beide zusammenbleiben." Für Gernot stand fest, das würde er sich selbst in Schwarzfeld ansehen, seiner geliebten Tochter war er das schuldig.

Saltius berichtete noch, dass er im Auftrag des Centurios nach Nida zum Herzog mit einer Botschaft unterwegs war.

Am nächsten Morgen war er schon früh auf dem Weg zum Gut des Herzogs, keiner erkannte in ihm den römischen Unteroffizier und nach einem halben Tagesritt kam er an dem großen Gut an.

Bei der Torwache meldete er sich als Bote aus dem Römer Kastell mit einer Botschaft für den Herzog. Er musste warten, der Herzog hatte Besuch. Später kamen zwei Damen und ein Herr aus den Gemächern, offenbar eine vornehme römische Familie.

Ein Haussklave führte ihn in die Räume des Herzogs, wo er von ihm freundlich begrüßt wurde. „Ich freue mich immer, wenn ich etwa von meinem alten Freund dem Centurio Frontius höre. Was bringst du mir?" Saltius überreichte einen Brief: „Diesen Brief soll ich übergeben und fragen, ob ich eine Antwort an den Befehlshaber mitnehmen soll." „Nimm hier an meiner Seite Platz, ich will lesen was mein Freund mir mitzuteilen hat." Eine Haussklavin brachte ein Getränk, einen Früchteaufguss.

Der Herzog las das in lateinischer Sprache abgefasste Schreiben, wobei er die Lippen bewegte und öfter mit dem Finger den geschriebenen Zeilen folgte, was zeigte, dass er keinesfalls geübt war in der Sprache der Römer. Er hatte schon öfter in Gesprächen mit Römern erwähnt wie sehr seinen Chatten eine Schrift fehlte. Die Runen auf Holz, Knochen oder Leder eingeritzt, waren kein Ersatz.

Der Unteroffizier sah sich in dem Raum um, der dem Herzog als Empfangsraum für seine Gäste diente. Der Fußboden bestand aus sauber zusammen gefügten Steinplatten, die Wände waren mit Holz und zum Teil mit Leinwand verkleidet. Die Anordnung der Sitzgelegenheiten war ähnlich wie in jedem Bauernhaus, überhaupt machte der Raum kaum einen Unterschied zu einem Wohnraum der einfachen Bauern. Nur, dass eben kein Schwein grunzte, keine Kuh oder kein Schaf die gewohnten Laute hören ließ.

Der Herzog hatte fertiggelesen: „Dein Befehlshaber ist ein kluger Mann, er hat Vertrauen zu mir und mich voll in seine Absichten eingeweiht. Du bist kein einfacher Bote, sondern sicher Offizier in seiner Centurie." Der Unteroffizier antwortete: „Ich bin Unteroffizier, aber schon langjährig in seinen Diensten."

„Jedenfalls setzt er großes Vertrauen in dich, wenn er dir eine solch wichtige Aufgabe überträgt. Merke dir gut was ich sage, ich werde ihm nicht schreiben, du sollst es ihm berichten." Saltius verbeugte sich. Das Schreiben wäre ihm wohl auch nicht gelungen, dachte er und stellte sich vor, wie belustigt der Centurio gewesen wäre, wenn er eine ungelenke schriftliche Antwort bekommen hätte. Schade, da hätten wir beide einen Grund zum Lachen gehabt.

Der Herzog fuhr fort: „Ich bin dem Centurio besonders dankbar, dass er mir die Bedenken gegen meine Söhne wegen ihrer Rachsucht gegen den freigesprochenen Chatten so offen mitteilt. In dieser Hinsicht kann ich ihn aber beruhigen, ich habe den Beiden verboten irgendetwas gegen den Chatten oder die Tochter des Bauern zu unternehmen. Da Söhne in ihrem Alter nicht immer auf ihren Vater hören, auch meine nicht, habe ich sie zur XXII. Legion nach Mogontiacum geschickt. Dort sollen sie als Offiziere einer kleinen Einheit das Kriegshandwerk lernen und ihr tatenloses Leben beenden. Wie ich von ihrem Befehlshaber höre, werden sie zunächst in Gallien eingesetzt, dort ist es zu Unruhen gekommen."

Der Herzog hatte Gefallen an der offenen und freundlichen Erscheinung des Unteroffiziers gefunden und war in Gesprächslaune. „Bringe etwas zu trinken für Männer", rief er der Haussklavin zu, die eilig mit einem Krug Met und zwei Bechern erschien, das war wohl ein erwarteter Befehl.

„Du brauchst also deinen Auftrag als Späher nicht weiter zu verfolgen. Wenn du nach Mogontiacum gehst, wirst du nichts erfahren, zu dem Legionslager hast du keinen Zutritt. Du kannst zwei Tage hierbleiben, unseren Hof kennenlernen und das Hauspersonal", er sah ihn schmunzelnd an, „und dann zu deinem Kastell zurückreiten. Aber jetzt erzähle mir, woher du kommst und wie lange du schon im Militärdienst bist."

Für den Unteroffizier war es eine Ehre, dass ein hochgestellter Herr wie der Herzog sich mit ihm unterhielt und er antwortete: „Herr, ich bin Germane vom Stamm der Ubier und schon zehn Winter in Diensten meiner

Kohorte. Von Anfang an war der Centurio Frontius mein Befehlshaber. Zuerst war ich am Rhenum fluvium eingesetzt, dort hatten wir schwere Kämpfe mit den Brukterern, die plündernd in römisches Gebiet zogen. Später war ich am Limes im Land der Chatten. Ich bin noch ohne Gefährtin und will meine Militärzeit bis zum Schluss ableisten. Leider scheidet der Centurio in zwei Wintern aus, er will zurück auf seine Güter in Italia."

„Wenn du eine Gefährtin suchst, sieh dir meine Sklavin an, die kannst du haben", kam ein Angebot vom Herzog. Angesehen hat er die Frau später, aber er sagte zu sich selbst, ich lehne dankend ab. Die Gute war hübsch und ansehnlich, doch wohl beinahe doppelt so alt wie er.

Man nahm noch einige kräftige Schlucke, dann verabschiedete sich der Unteroffizier dankbar in aller Demut von dem Herzog. Er war ein besonnener Herrscher in seinem Gebiet, die Römer waren klug genug, den Chatten ihren eigenen Anführer zu lassen. Im Fall von Kapitalverbrechen wie Mord, schwerem Raub oder wenn ein Konflikt mit Waffen ausgetragen werden sollte, entschied der Legatus Augusti, der römische Statthalter.

Der konnte das Urteil dem örtlichen Militärbefehlshaber übertragen, wenn Personal aus dem betreffenden Kastell in die Angelegenheit verwickelt war. Der Herzog entschied bei Streitigkeiten zwischen den Bauern, wenn es um Grundstücke, Jagdrecht, Diebstähle oder ähnlichem ging.

Der Centurio hatte in dem Herzog einen verlässlichen Freund, was in dem unruhigen Grenzgebiet von großer Wichtigkeit war. Nach einem Tag Ruhe ritt Saltius zurück zum Kastell, wo er dem Centurio ausführlich Bericht erstattete. Der war sehr zufrieden mit ihm und hatte einen neuen Auftrag für ihn.

Sie berieten wie verlässlich die Auskunft des Herzogs über seine Söhne war. Von Seiten des Herzogs bestand daran kein Zweifel, aber war auch Verlass auf das Verhalten der rachsüchtigen Söhne? Der Militärdienst legte ihnen gewisse Zwänge auf, doch bei gutem Einverständnis mit ihrem Befehlshaber gab es da bestimmt Auswege.

„Behalte deine Kleider an, du gehst nach Hirsfild und gibst dem Häuptling Ermin Nachricht. Er ist ein umsichtiger Mann und wird das Richtige tun. Denke immer daran, dass wir alles tun müssen, um Frieden mit den Chatten zu halten. Vielleicht findest du dort die Gefährtin, die dir noch fehlt."

Beide schmunzelten, der Centurio wusste seit langem um die geheimen Wünsche des Unteroffiziers. Aber so leicht ließ sich dieser nicht einfangen: „Wenn ich dorthin gehe, erfülle ich deinen Auftrag und kümmere mich nicht um meine Wünsche." Der Centurio war zufrieden mit dieser Antwort und befahl die Abreise für den kommenden Morgen. Saltius ahnte noch nicht, dass er einen unerwarteten Reisegefährten bekommen würde.

## 2 8
## BEI DEN CHATTEN

Die Einwohner von Schwarzfeld waren rührige Menschen. Als Bauern waren sie zufrieden mit ihrem Grund und Boden, obwohl es keine üppigen Ernten gab. Zufrieden mit ihrer Lage mitten im Wald, der für Ackerland mühsam gerodet werden musste, oft standen die Baumstümpfe noch mehrere Ernten im reifen Getreide, es war einfach zu mühsam, ja bei mancher gewaltigen Wurzel einer Eiche oder Buche gar unmöglich, den Baumstumpf zu entfernen.

Aber gerade der Wald mit seinen geheimnisvollen, immer schweigenden Bäumen, war ihr guter Freund. Unter den Eichen und an den jungen Baumtrieben konnte man das Vieh weiden und an vielen Sträuchern wuchsen ganz ohne Zutun der Bauern köstliche Himbeeren, Blaubeeren Schlehen und Erdbeeren, welche die Frauen zur Bereicherung der Mahlzeiten sammelten.

Der Wald barg aber auch Geheimnisse. Wenn die Dämmerung anbrach, bemühten sich die Holz- oder

Beerensammler schnellstens das heimatliche Dorf zu erreichen, da wurde es unheimlich im Wald.

Schon mancher verspätete Wanderer hatte über unheimliche Erscheinungen berichtet, die man undeutlich im Blättergewirr beobachtet hatte. Gar gruselig waren Berichte, wonach Dorfbewohner deren Kleidung sich an einem Ast verfangen hatte, erzählten dass ein Waldgeist sie festgehalten und sie sich nur mit Mühe hatten losreißen können, wofür sie als Beweis ihre zerrissene Kleidung zeigten.

Und so war auch die Nachricht entstanden, dass die in den letzten Tagen leere Wildschweinfalle von unheimlichen Gesellen leergeräumt und die Beute in ihrer unterirdischen Wohnung verzehrt worden war. Das waren Dinge, welche nicht nur Frauen und Kinder, sondern auch die Männer erschauern ließ, der Glaube an die gespenstigen Waldbewohner war wach und gegen diese konnte man sich mit Schwert und Speer nicht wehren.

Für Yako waren die Spätsommertage voll Arbeit aber gleichzeitig auch wunderbar. Er hatte seinem Vater beim Roden eines neuen Ackers geholfen, jetzt half er seinem Freund Wandur. Ulkas Pferd leistete dabei gute Dienste beim Herausziehen von Baumwurzeln. Es wurde immer zusammen mit einem kräftigen Rind in das Geschirr gespannt und nach kurzer Eingewöhnung vertrugen sich Pferd und Rind sehr gut.

Die gefällten Baumstämme wurden mit der Axt in kurze Stücke geschlagen und unter dem Dachüberstand des Langhauses als Brennstoff für den Winter aufgeschichtet. Das mühsame Kleinhacken der Baumstämme war für Wandur ein Ärgernis und er sann auf Abhilfe.

Wenn die Mutter am Abend zur Mahlzeit rief, kam für Yako die schönste Zeit des Tages. Brigga hatte Fladen oder

Brot gebacken, dazu gab es Grütze, welche mit den Waldfrüchten schmackhaft verfeinert war.

Ulka eilte zum Bach, wusch sich um den allzu strengen Geruch von Rind, Schaf und Ziege loszuwerden, den sie vom Melken der Tiere mit sich schleppte, hüllte sich in ein frisches Gewand und setzte sich mit Yako auf einen dicken Baumstamm vor das Haus und sie erzählten sich von ihrer Tagesarbeit.

Er hörte ihr gerne zu, sie konnte so gut erzählen. Sie war für Brigga eine tüchtige Helferin geworden, die viele Arbeiten selbständig erledigte. Brigga hatte sie so liebgewonnen, wie eine eigene Tochter und sie wünschte sehr, dass eine dauerhafte Verbindung mit Yako zustande käme.

Im Lauf der Tage wurden Yakos Liebkosungen dann schon etwas intensiver, er strich ihr zärtlich über das Gesicht, tastete aber auch nach ihren weiblichen Rundungen, was sie nur geschehen ließ, wenn sie allein waren, ihn aber nicht zu mehr ermunterte.

Jodolf kam und fragte, ob Yako mitgehen wollte, die Falle zu kontrollieren. Yako seufzte für Jodolf unhörbar, auf seinem abendlichen Ruheplatz gefiel es ihm so gut. Er ging aber mit, nach den jüngsten Gerüchten über die leere Falle, wäre er auch nicht gerne allein dorthin gegangen. „Ulka, willst du mit?", fragte er. „Nein, ich bleibe hier bei Balde, wir wollen uns Geschichten erzählen", kam die Antwort, die beiden jungen Männer machten sich auf den Weg.

„Soll Ulka deine Gefährtin werden?", fragte Jodolf, der auch gerne so eine hübsche und tüchtige Gefährtin gehabt hätte, aber in Schwarzfeld gab es keine Auswahl, er hätte auf Wanderschaft gehen müssen, um jemand zu finden.

Als Yako seine Frage bejahte, fragte er wie er das anstellen könnte und der wusste ihm im Augenblick keinen Rat.

Nachdenklich sagte Jodolf: „Vielleicht gehe ich als Knecht für eine Zeit nach Hirsfild und finde dort jemand." Da wurde Yako bewusst wieviel Glück er mit Ulka gehabt hatte, vorausgesetzt, der Vater stimmte zu. Er war ein bescheidener junger Mann, aber jetzt merkte er wie stolz er auf sich selbst sein durfte, er hatte Wandur gerettet, Aufgaben für die Dorfgemeinschaft übernommen, den Zweikampf bei den Markos zusammen mit Jodolf bestanden, war als Mitglied im Thing aufgenommen und jetzt hatte er noch Ulka gewonnen, da durfte er mit recht auch stolz sein.

Zu Jodolf sagte er: „Das würde ich an deiner Stelle auch tun, wir haben mit Ermin einen Freund dort, der dir helfen wird. Aber sprich mit deinem Vater, der muss deinen Plan gutheißen. Du bist im passenden Alter und deine Mutter wird froh sein, wenn du eine Gefährtin zu ihrer Unterstützung auf euren Hof bringst."

„Hat Ulka keine Schwester?" Beide mussten lachen, nein hatte sie nicht, nur Brüder und die Mädchen in Schwarzfeld waren noch Kinder.

Die Wildschweinfalle kam in Sicht und leise, geduckt schleichend näherten sie sich den Baumstämmen. Es war nichts zu hören, sie sahen über den Rand der Stämme die Falle war leer. Jodolf kroch durch das niedrige Tor und wollte das Lockfutter kontrollieren, als mit mächtigem Gepolter die Torbalken herabfielen und die Falle verschlossen. Er kam knapp mit dem Schrecken davon, direkt hinter ihm fielen die mächtigen Stämme herunter.

Erschrocken kletterte er mit Yakos Hilfe über die Umrandung. Es wurde dunkel und sie beschlossen nach Hause zu gehen. Auf dem Weg dorthin war ihnen nicht so ganz wohl zu Mute und sie blickten sich mehrmals um, ob nicht ein unheimlicher Waldbewohner ihnen folgte.

Auf Bolgurs Hof berichteten sie dem Vater von ihrem Erlebnis. „Ja", sagte die Mutter, „mit den Waldgeistern ist nicht zu spaßen." Auch Bolgur war betroffen, der Glaube an die Geister, gute wie böse, saß tief: „Ich gehe morgen mit und wir wollen sehen, wie wir die Falle wieder stellen können." Yako eilte nach Hause.

Dort erzählte er seinem Vater von dem Vorfall, die Mutter und Ulka hörten zu und machten bedenkliche Gesichter. „Ich glaube nicht an Geister, genauso gut können das auch Räuber aus dem Markomannendorf gewesen sein. Ich werde morgen mitgehen und dann werden wir sehen."

Am nächsten Morgen gingen sie zu Bolgur und zusammen machte man sich auf den Weg, auch Wandur hatte sich angeschlossen. An der Falle war alles unverändert, Wandur und Bolgur kletterten über die Umrandung und sahen sich den Innenraum genau an. Deutliche Fuß- und Schleifspuren deuteten darauf hin, dass die Falle von Fremden geplündert worden war. Sie verfolgten die Spuren, doch die verloren sich im dichten Busch, nur die Reste von wahrscheinlich zwei ausgeweideten Schweinen fanden sie noch, aber Wölfe oder Füchse hatten sich an den Eingeweiden schon gütlich getan.

Das plötzliche Schließen war wohl darauf zurückzuführen, dass die fremden Räuber den Mittelbalken nicht richtig in die Haltekerbe eingelegt und der Balken sich in dem Moment gelöst hatte als Jodolf durchgekrochen war. Reste von Lockfutter waren nicht zu finden.

Die Männer berieten, ob sie das Tor der Falle wieder öffnen sollten oder ob sie alles unverändert lassen und darauf hoffen sollten, die Räuber zu erwischen. Wie sollte das gelingen? Die Fremden kamen bei Nacht, räumten die Falle leer und verschwanden mit der Beute. Eine ständige Wache konnten die Bauern nicht stellen, dazu gab es auf ihren Höfen zu viel Arbeit, die nicht vernachlässigt werden konnte. Zudem war anzunehmen, dass die Fremden mit zwei oder drei Männern an der Falle auftauchten und einen Wachtposten leicht überwältigen konnten.

Wandur schlug vor, dass er zu Erkmar gehen wollte und der konnte dafür sorgen, dass die Räubereien unterblieben, falls Bewohner seines Dorfes dafür verantwortlich waren. Andernfalls bestand die Gefahr eines Stammeskrieges mit den Markomannen, was keiner wollte, schon gar nicht der bedachtsame Erkmar. Wie immer bei Wandurs Ideen fanden die Bauern das gut und sie beschlossen, die Falle wieder zu stellen und mit Lockfutter zu versehen.

Nach Erledigung dieser Arbeit setzten sie sich zu einer Ruhepause unter die Bäume und bewunderten die mächtigen Stämme, das grüne Blätterdach und die Ruhe, die der Wald ausstrahlte. Hier konnten doch keine übel gesinnten Waldgeister und Trolle ihr Unwesen treiben, alles war voller Frieden und Harmonie.

Am Dorf angekommen, teilten sie Bolgur und Jodolf als Erste zur Beobachtung der Falle ein, in zwei Tagen sollten sie dort kontrollieren, dann jeweils zwei Tage später Rodulf und Helmfried mit ihren Söhnen. Wandur wollte sich am folgenden Tag auf den Weg zu den Markomannen machen.

## 2 9
# BESUCH FÜR ULKA

Unteroffizier Saltius vom Kastell war auf dem Weg zu den Chattendörfern und er hatte einen für ihn unerwarteten Begleiter, den Bauern Gernot, Vater von Ulka. Der wollte sein Vorhaben wahr machen und sich davon überzeugen, dass seine Tochter eine gute Bleibe gefunden hatte, gleichzeitig aber auch sein väterliches Gewissen beruhigen und den quälenden Fragen von Ulkas Mutter entgehen.

Er hatte seinen Begleiter, einen seiner Knechte, zurückgeschickt, jetzt hatte er mit dem Unteroffizier einen zuverlässigen Begleiter, der auch sein Packpferd führen konnte. Er wollte nicht nur nach Ulka sehen, sondern sie auch mit den notwendigsten Dingen für einen eigenen Hausstand sowie ihrer Kleidung versehen, falls sie bei Yako bleiben wollte. Das hatten er und die besorgte Mutter auf das Pferd gepackt, welches er ebenfalls in Schwarzfeld lassen wollte.

Nach einer Übernachtung im Wald kamen sie durch Sanlot, wo sie misstrauisch beobachtet wurden, aber der Bauernsohn Hergurd, der mit Wandur und Yako schon im Kastell war, erkannte den Unteroffizier und alles blieb friedlich.

Dann lag Schwarzfeld vor ihnen und Gernot sah, dass das Dorf nicht größer als sein Gehöft war. Auch die Lage war anders, hier war alles vom Wald umgeben, um seinem Hof lagen große fruchtbare Flächen, welche nicht erst mühsam gerodet werden mussten wie hier in den Wäldern.

Sie trafen Helmfried an seinem Schmiedefeuer, der mit ihnen zu Rodulfs Hof ging. Dort war Ulka am Webstuhl, Brigga lernte sie an. Als sie die fremden Reiter sah und den Vater erkannte, der abgestiegen war, stieß sie einen Freudenschrei aus, sprang auf ihn zu und hätte ihn fast umgerissen. Der lachte und drückte sie an sich mit einem leichten feuchten Schleier in den Augen, er war gerührt.

„Vater, warum hast du dir die Mühe gemacht? Wir wollten schnellstens zu dir und Mutter kommen", sprudelte es aus ihr heraus.

„Jetzt muss ich erst mal die Hausherrin begrüßen", sagte er und begrüßte Brigga, die Yakos Bruder Sanolf auf das Feld geschickt hatte, er sollte Rodulf und den Bruder holen.

Rodulf hieß den Gast willkommen, Yako hielt sich bescheiden im Hintergrund bis Ulka ihn an der Hand nahm und zu ihrem Vater zerrte. So ist unsere Tochter, dachte dieser, sie übernimmt das Kommando, na warte Bursche, ich werde dir schon noch auf den Zahn fühlen.

Die Beiden begrüßten sich und Rodulf führte alle in das Haus, während Saltius sich um die Pferde kümmerte und das Packpferd ablud. Die beiden Packen stellte er unter das Dach an die Hauswand. Er wollte gleich weiter, aber

Rodulf bedrängte ihn zu bleiben und so blieb er dann und genoss die Gastfreundschaft der Familie. Yako eilte zu Hordula und bat ihn den Unteroffizier nach Hirsfild zu begleiten, um Anfeindungen der Bewohner zu vermeiden, da längst nicht alle Saltius kannten, was dieser gerne für den nächsten Tag zusagte, mit Einverständnis des Vaters. „Du kannst Ulkas Pferd bekommen, dann schafft ihr den Weg in einem Tag. Kannst du reiten?" Hordula verneinte „Dann lernst du es von Saltius", antwortete Yako.

Es geschah selten etwas aufregendes in dem kleinen Walddorf und wenn, dann war es natürlich für alle Bewohner von Interesse. Deswegen lud er Helmfried und anschließend Bolgur ein, zu ihnen zu kommen, um zu hören was ihre Gäste zu berichten hatten.

Und so stellten sich die Beiden nach kurzer Zeit ein und brachten noch ihre Gefährtinnen mit, die sich so leicht nicht abweisen ließen. Vater Gernot musste sein Gespräch mit den beiden jungen Leuten zurückstellen, erst wollten die guten Schwarzfelder die Neuigkeiten aus der großen weiten Welt hören.

Saltius berichtete vom Auftrag des Centurio den Häuptling in Hirsfild über seine Gespräche mit dem Herzog in Nida zu unterrichten, deren Inhalt er grob wiedergab. Alle waren erleichtert, dass die Gefahr für Wandur und Ulka damit wohl vorüber war. Der Häuptling sollte jedoch informiert werden, um reagieren zu können, falls fremde Männer auftauchen sollten. Bolgur machte den Vorschlag, dass man die Söhne in Abständen wieder auf Kundschaft rund um Schwarzfeld schicken sollte, wie einmal bereits geschehen. „Das machen wir, da kommen die Söhne auch nicht auf dumme Gedanken", sagte Helmfried. Rodulf, der an die viele Arbeit dachte, die erledigt werden musste, schwieg, war aber auch dafür als Beitrag für ihre eigene Sicherheit.

Gernot berichtete vom Grund seines Kommens, wobei er auch nicht das Drängen von Ulkas Mutter verschwieg. Die Bauern schmunzelten, sie wussten aus eigenem Erleben wie hartnäckig ihre Gefährtinnen in solchen Fällen waren. „Bis jetzt habe ich von dem jungen Mann allerdings noch keine Bitte um die Hand meiner Tochter erhalten", wieder Gelächter und Yako tuschelte mit leicht gerötetem Kopf mit Ulka. „Lass uns Zeit bis morgen früh, Vater", sagte sie und der war es zufrieden.

Die weiteren Gespräche drehten sich um die zu erwartende Ernte und die noch anstehenden Arbeiten vor dem Winter. Gernot vermisste Wandur in der Runde, als er aber hörte, er sei bei den Markomannen, um einen Diebstahl aufzuklären, kam noch das Thema Wildschweinfalle zur Sprache. Das interessierte ihn, Yako sollte ihm die Falle am nächsten Tag zeigen. Alle wurden gut versorgt mit Getränken und begaben sich auch bald zur Nachtruhe.

Saltius war mit Hordula schon früh auf dem Weg nach Hirsfild, sie wollten den Weg mit den Pferden in einem Tag zurücklegen. Nach dem üblichen Frühstück wandte sich Rodulf an Gernot: „Du hast meinen Sohn Yako kennengelernt und ich frage dich, willst du ihm deine Tochter zur Gefährtin geben?" Ohne zu zögern antwortete Gernot: „Ich glaube, dein Sohn ist ein tüchtiger junger Mann, der Ulka ein guter Lebensgefährte sein wird und bin mit ihrer Wahl einverstanden. Die jungen Leute mögen sich und ich hätte gegen den starken Willen meiner Tochter kaum eine andere Möglichkeit. Was sie sich in den Kopf gesetzt hat davon ist sie schwer wieder abzubringen.

Wir müssen nur noch besprechen wo die jungen Leute wohnen, wovon sie leben sollen."

Rodulf brauchte nicht zu überlegen: „Bei uns ist es üblich, dass sie im Haus der Eltern bleiben, wenn sie nicht ein eigenes Haus bauen wollen. Ich glaube, das ist bei Yako der Fall. Er kann neben unseren Feldern und Wiesen ein Haus mit Vorratsschuppen bauen und hat auch genügend Platz für eigene Felder. Dafür muss der Wald gerodet werden, das ist eine mühsame Arbeit. Er wird hier als Bauer leben so wie wir auch." „Wem gehört der Wald?", fragte Gernot. „Dem der ihn rodet", antwortete Bauer Rodulf, „das Dorf nutzt ihn gemeinsam. Wenn wir Land für Felder oder Wiesen brauchen, roden wir ein Stück, pflügen und nutzen es." Das war bei Gernots Besitz anders, dort musste man Grund und Boden kaufen, das hatten die Römer so eingeführt, da gleichzeitig auch die Zahlung von Steuern damit verbunden war. Davon war Schwarzfeld bisher verschont geblieben.

„Ich will nicht prahlen mit meinem Besitz, aber ich habe etwa so viel Land wie euer ganzes Dorf ausmacht und Ulka soll hier in ähnlichen gesicherten Verhältnissen leben. Ich glaube aber nicht, dass Yako bereit wäre zu uns zu kommen."

„Nein, das wollen wir natürlich auch nicht. Yako ist tüchtig und wird gut für seine Gefährtin sorgen. Sie wird ihm eine tüchtige Hilfe sein, diesen Eindruck haben Brigga und ich von ihr bekommen. Ich rufe die Beiden und du kannst ihnen deine Zustimmung zu ihrer Verbindung mitteilen."

Yako kam mit unsicherem Gesichtsausdruck, Ulka eher kritisch blickend, für sie stand fest, dass sie ihn als Lebensgefährten haben wollte. Dann ein Jubelschrei von ihr und sie umarmte den Vater stürmisch und auch Rodulf wurde mit einer Umarmung bedacht. Yako bedankte sich artig, dann aber war er dran und wurde von Ulka liebkost, er freute sich, gleichzeitig war ihm das peinlich vor den Vätern und er wehrte sie ab, flüsterte ihr „später" ins Ohr.

Mutter Brigga war gerührt, freute sich über Yakos gute Wahl, die kleine Balde war glücklich, Ulka bleibt hier und gehört mir genauso wie Yako, dachte sie. Nur Bruder Sanolf zeigte keine große Begeisterung, noch eine Frauenperson, die hier kommandieren will, dachte er.

## 30
## RÄUBER AN DER
## WILDSCHWEINFALLE

„Ich will dir die Wildschweinfalle zeigen", sagte Yako zu Gernot, Ulka war enttäuscht, kaum gehören wir zusammen, will er schon wieder weg, dachte sie. „Wir kommen bald wieder", tröstete er sie und ahnte nicht, wie leicht das anders ausgehen konnte.

Bolgur stand schon bereit, er war wie alle Bauern und Bäuerinnen im Dorf ein Frühaufsteher, sein Speer mit der doppelseitig geschliffenen Spitze durfte nicht fehlen, genauso hatte Yako sein Schwert gegürtet und trug den Kurzspeer. Nur Gernot war unbewaffnet.

Ein schmaler, kaum erkennbarer Pfad führte zu der Falle und er bewunderte den prächtigen Hochwald bestehend aus Eichen und Buchen, den Gesang der Vögel und die rot und blau schimmernden Beeren.

Wandur war die Nacht über durchmarschiert und kam am frühen Morgen im Markomannendorf bei Häuptling Erkmar an, dem er von der ausgeraubten Wildschweinfalle berichtete. Nachdenklich sagte dieser: „Da habe ich einen Verdacht. Im unteren Teil des Dorfes fand vor kurzem ein Gelage statt, dessen Grund wir uns nicht erklären konnten, dort werden wir jetzt einen Besuch machen. Vielleicht können wir den Diebstahl aufklären, diese jungen Leute haben schon manche Dummheit begangen, welche die Eltern oder ich als Häuptling wiedergutmachen mussten."

Der Sohn in dem betreffenden Gehöft war nicht da, der Vater wusste nur, dass er in der Frühe mit Freunden im Wald verschwunden war. Das Gelage vor einigen Tagen hätte der Sohn mit den Freunden veranstaltet, die Eltern hätten sich nicht weiter darum gekümmert.

Erkmar nahm Wandur am Arm „Wir wollen schnellstens zur Falle gehen, vielleicht erwischen wir die Diebe." Sie holten Sohn Irvik und einen weiteren Gefolgsmann und folgten der ungefähren Richtung zur Falle. Bald fanden sie auch Spuren von kürzlich vor ihnen gegangenen Personen.

Bolgur, Yako und Gernot waren fast an der Falle angekommen, als sie laute Rufe hörten. Im gleichen Moment wurde der vorne gehende Bolgur von einem Mann mit einer schweren Keule in der Hand angesprungen. Ein Hieb traf ihn an der Schulter und er konnte den Arm nicht mehr heben, sein Speer fiel ihm aus der Faust. Er schlug mit der der anderen Faust den Angreifer mit einem mächtigen Schlag zu Boden, da war Yako schon da und wehrte einen zweiten Angreifer ab, der mit gezogenem Schwert auf sie eindrang. Er schlug ihm das Schwert aus der Hand und durchtrennte dabei den Unterarm des Angreifers.

Gernot wurde von einem Mann angegriffen, der mit einem Speer seitlich aus dem Gebüsch kam. Er konnte gerade noch die Keule des ersten Angreifers vom Boden aufheben und schlug damit die auf ihn gerichtete Speerspitze zur Seite. „Da läuft noch einer", rief Bolgur und sie sahen einen der Angreifer im Gebüsch verschwinden, folgten ihm aber nicht sondern kümmerten sich um den verletzten Mann. Bolgur riss einen Stoffstreifen von seinem Gewand ab und schnürte ihm ein festes Band um den stark blutenden Armstumpf. Dem anderen noch benommenen Angreifer legten sie Fesseln an.

„Der mich angegriffen hat ist geflüchtet", rief Gernot. Alle waren erregt und in Kampfstimmung. Sie hörten Rufe und Menschen näherkommen und machten sich wieder kampfbereit, aber es war Wandur mit Erkmar und dem geflohenen Angreifer in ihrer Mitte, den sie gefangen hatten. Yako erkannte mit Erschrecken Nagezahn, seinen Gegner beim Duell im Bogenschießen.

„Wie kommt ihr hierher", fragte Bolgur und Wandur erzählte kurz, wie sie auf die Spur der Räuber gekommen waren. „Wir sind gut davongekommen, aber einen der Räuber hat es böse erwischt", sagte Gernot. Wandur sah ihn sich an und ließ die beiden gefangenen Räuber eine Trage bauen, er hatte viel Blut verloren und musste zurückgetragen werden.

Yako begrüßte Irvik, der sich bescheiden im Hintergrund gehalten hatte. Sein Vater machte ein besorgtes Gesicht: „Ich kenne die Burschen, sie sind alle aus meinem Dorf und als Hitzköpfe und Anstifter von Schandtaten bekannt. Die Eltern werden entsetzt sein, ich muss die Jungen streng bestrafen, auch weil wir mit euch und den anderen Chattendörfern Frieden halten wollen."

An Irvik und seinen Gefolgsmann gewandt sagte er: „Bringt die beiden Räuber ins Dorf, sie sollen den Verwundeten tragen und zur Heilerin bringen, er muss schnellstens versorgt werden. Bindet ihnen die Hände an der Trage fest und lasst sie nicht entwischen. Den Gefesselten bringen wir mit."

Es war an der Zeit, dass die Männer aus Schwarzfeld ihren Bericht erstatteten und dabei wurde deutlich, dass Yako sie gerettet hatte. Ohne seinen Schwerthieb gegen den Angreifer auf Bolgur, wäre dieser wohl erschlagen worden, er war ohne Waffe und konnte seinen Arm nicht gebrauchen. Gut, dass er sie begleitet hatte, ohne ihn hätten Yako und Gernot den vier Angreifern nicht standhalten können.

Das geraubte Wildschwein aus der Falle war bald gefunden, es lag nur wenige Schritte entfernt im Gebüsch.

„Also doch keine Waldgeister, ganz gewöhnliche freche Räuber", sagte Wandur und Yako lächelte, die Anspannung der kurzen Zeit des Angriffs fiel von ihm ab. Wandur stellte Gernot vor, den Erkmar nicht kannte und verriet ihm auch den Grund für seinen Besuch in Schwarzfeld.

„Wenigstens eine erfreuliche Nachricht heute, Yako hat eine Gefährtin gefunden", sagte Erkmar: „Die Räuber haben wir zwar gefangen, aber das ist auch eine schlechte Nachricht für mich. Sie sind alle aus meinem Dorf und ich muss sie streng bestrafen, was mir Feinde in ihren Familien machen wird."

Die mitgebrachte Wegezehrung wurde verteilt, die Stille des Waldes beruhigte die immer noch aufgebrachte Stimmung gegen die Angreifer. Der gefesselte Räuber lag am Boden und wimmerte leise vor sich hin. Erkmar rief ihn beim Namen an und gebot ihm Ruhe. Seiner Strafe würde er nicht entgehen. Er wollte ein Thing einberufen und die Dorfbewohner sollten urteilen, wobei ihm klar war, dass unterschiedliche Meinungen aufeinanderprallen würden. Ein Teil der Männer würde für Bestrafung sein, ein anderer Teil würde sagen, was gehen uns die Chatten an, sollen sie selbst auf ihr Eigentum aufpassen. Die wahrscheinliche Strafe könnte Verbannung aus dem Dorf für zwei Winter sein.

Yako erzählte von seiner früheren Begegnung und den bestandenen Zweikämpfen mit Nagezahn und Rotbart. Die Namen waren offenbar treffend gewählt, Erkmar wusste sofort wer gemeint war. Als er hörte, dass Rotbart im Ringkampf besiegt worden war, sagte er: „Das muss ein starker Bursche aus Schwarzfeld gewesen sein, gegen einen wie Rotbart siegt man nicht so leicht." „Das war Jodolf, Bolgurs Sohn." „Ja, bei diesem Vater", sagte Erkmar, dem der bärenstarke Bolgur ja schon bekannt war.

Wandur wollte das gefangene Wildschwein ausweiden und mit nach Schwarzfeld nehmen, er war der nächste dem die Beute zustand. Yako zeigte derweil dem Häuptling die Falle.

Da das Tor geschlossen war mussten sie über die seitlichen Baumstämme klettern, um in das Innere der Falle zu kommen. Yako erklärte Erkmar die Funktion des Mittelbalkens und der Verbindungstaue zum Tor. Der staunte über die sinnvolle Anordnung der Bauteile. Alle Teile stammten hier aus dem Wald und es funktionierte wie bereits mehrfach bewiesen.

Leider hatten sie kein Lockfutter und mussten deswegen noch einmal kommen. Die Falle musste neu gestellt werden, dazu brauchten sie die Hilfe der anderen Männer, die Baumstämme am Tor und der Mittelbalken waren sehr schwer.

Bolgur konnte mit seiner verwundeten Schulter nicht helfen, das würde aber schon bald wieder besser werden. Als Wandur kam, gelang es gemeinsam alles wieder ordentlich herzurichten. Er hatte das Schwein ausgenommen und an einem kräftigen Ast wollten sie es zu zweit auf den Schultern mitnehmen. Auf Nelda kam Arbeit zu.

Wandur wollte mit den Männern nach Schwarzfeld gehen und da es dämmrig wurde, war es an der Zeit aufzubrechen. Er fragte Erkmar, ob er allein mit dem Gefangenen zurückgehen könnte, was für diesen kein Problem war.

Bolgur und Wandur bedankten sich bei ihm für die Unterstützung und seinen Einsatz gegen die Räuber, was nicht selbstverständlich war. Nicht immer hatten zwischen den Grenzdörfern der Chatten und Markomannen so gute Verhältnisse geherrscht. Meistens waren Streit und Kampf die Regel gewesen, wie vor kurzer Zeit noch beim Überfall durch die Hermunduren erlebt. Dass sich das geändert hatte, war besonnen Häuptlingen in den Grenzdörfern zu verdanken.

Man verabschiedete sich und verabredete Besuche im jeweils anderen Dorf. Erkmar wollte einen Boten schicken und über den Ausgang des Things berichten.

Es war schon fast dunkel als die Männer in Schwarzfeld ankamen. Yako ging mit Bolgur und beruhigte Helge, die schlimmes befürchtete, als sie den schlaff herabhängenden Arm ihres Gefährten sah. Sie bereitete Kräuterumschläge, die helfen sollten, die Beschwerden zu lindern. Yako verabredete mit Jodolf am nächsten Vormittag das Lockfutter zur Falle zu bringen, dann eilte er nach Hause zu seinem Schatz, wie er leise vor sich hinmurmelte.

Ulka traute ihren Augen nicht, da kam doch tatsächlich ihr Vater und schleppte zusammen mit Wandur ein Wildschwein auf der Schulter. Nelda staunte genauso über die Beute und begrüßte die beiden Männer. Wandur schlug das Wildschwein aus der Decke und sie machte sich bereit für einen arbeitsreichen Abend. Gernot sah die leichte Rundung an ihrem Leib und wusste hier kommt bald Nachwuchs für das Walddorf.

Bei Rodulf waren alle wieder versammelt und man hörte dem Bericht von Gernot und Yako voller Spannung zu. Die Frauen waren erleichtert, dass die Männer gesund wiedergekommen und die Räuber gefasst waren. Für Gernot war es ein aufregendes Erlebnis gewesen, er dachte voller Achtung an die Abwehr des Angriffes und hier besonders an Yakos entschlossene Tat. Er würde dem Centurio darüber berichten welche tüchtigen Männer in den Walddörfern lebten und wie ihr Zusammenleben auch über die Grenze zu den Markomannen hinaus funktionierte.

Die Gespräche gingen weiter, Balde war im Arm der Mutter eingeschlafen, Yako und Ulka waren verschwunden. Er zog sie unbemerkt aus dem Haus und verschwand mit ihr im Vorratsschuppen, wo Heu lagerte. Ulka staunte, hier hatte er ein Lager mit Fellen und Decken vorbereitet, ohne, dass jemand etwas bemerkt hatte. Hier irrte sie, Brigga hatte als treusorgende Mutter bemerkt, wie Yako in aller Frühe bereits Decken in den Schuppen geschleppt hatte und auch das Verschwinden der Beiden war ihr nicht entgangen. Sie lächelte und gönnte den jungen Leuten ihr Glück von ganzem Herzen.

Was geschah jetzt in dem Schuppen? Nun, Ulka und Yako lagen eng aneinandergeschmiegt und hatten sich so viel zu erzählen, warum sie dabei flüsterten, wussten sie selbst nicht, es konnte sie doch keiner hören. Aber dann wurde es still in dem dunklen Raum und hier verlassen wir die Beiden und überlassen sie ihrem großen Glück.

Als Ulka am nächsten Morgen erwachte, war Yako nicht da. Sie entsann sich, dass sie halb im Schlaf wahrgenommen hatte, wie er ihr ins Ohr geflüstert hatte: „Ich muss mit Jodolf noch mal zur Falle und bin bald wieder da."

Endlich hatte Gernot Gelegenheit seine beiden Packtaschen mit den Gastgeschenken auszupacken. Alle waren im Haus versammelt, nur Yako war noch nicht zurück. Zuerst bekam Balde eine Puppe aus Stoff mit einer Krone, die wie eine Königin aussah, für Bruder Sanolf hatte er ein Spielzeugpferd aus Leder mitgebracht.

Alle waren neugierig was er sich wohl für Ulka ausgedacht hatte, aber die war noch nicht dran. Er packte für Brigga gewebte Stoffbahnen aus, was diese zu einem entzückten Jauchzer veranlasste. Die hatte sie schon von Wandur bekommen, aber jetzt hatte sie Vorrat. Daraus konnte sie für die ganze Familie neue Gewänder machen. Und für Rodulf hatte er sich etwas ganz Besonderes einfallen lassen. Er packte aus der zweiten Packtasche ein ledernes Pferdegeschirr aus: „Ich will Yako das Packpferd hierlassen, Ulka hat ja bereits eins, da braucht ihr doch auch ein passendes Geschirr, das möchte ich Rodulf schenken. Pferde habe ich hier nämlich noch nicht gesehen", sagte er. Pferd und Geschirr, das war natürlich ein großzügiges Geschenk, brachte aber für den Bauernhof Probleme, da die Weideflächen längst nicht so groß waren, dass zusätzlich Pferde mit Futter versorgt werden konnten.

An Gernots Hof in der Ebene waren ausreichend freie Flächen vorhanden, hier im bergigen Waldland musste der Wald erst gerodet werden für neue Weideflächen. Da dann eine Ernte vor dem Winter kaum noch möglich war, machte Rodulf in Gedanken schon einen Notplan. Sie würden im Herbst und Winter viel Laub im Wald sammeln müssen, um ihr Vieh über die kalte Jahreszeit zu bringen.

Aber das war jetzt kein Thema, der Dank für das Geschenk stand im Vordergrund. Yako kam und Gernot hatte noch ein Geschenk für ihn schon in der Hand. Es war eine prächtige große eiserne Axt, wie geschaffen zum Bäume fällen.

Yako war nicht der junge Mann, der große Gefühlsausbrüche zeigte, er bedankte sich herzlich mit einfachen Worten bei Gernot. Der hatte sich seiner Tochter zugewandt: „Ulka, du hast ja alles, dir habe ich nichts mitgebracht", sagte er lachend. Aber sie kannte ihren Vater und hatte schon ohne Zögern in seine Packtasche gegriffen und zeigte der Familie was da noch zutage kam.

Tongeschirr, Becher, zwei große Krüge, eiserne Messer, Löffel, einen großen und einen kleinen Eisentopf und ganz unten brachte Gernot noch eine Handmühle zum Vorschein, wie sie jeden Tag für die Zubereitung der Grütze benutzt wurde.

Alle waren überwältigt von den Geschenken und voller Dankbarkeit gegenüber Gernot. „Noch lebt ihr in einem Haus, alles ist da, aber wenn Yako sein eigenes Langhaus baut, werdet ihr vieles gut gebrauchen können", sagte er.

Wiehern von Pferden war zu hören, Saltius und Hordula waren zurück aus Hirsfild. Sie bestaunten die aufgestapelten Schätze und versorgten die Pferde. Hordula wollte nach Hause. „Kann er denn jetzt reiten?", fragte Yako „Ja, kann er", antwortete Saltius, Hordula nickte, zeigte aber auf sein schmerzendes Hinterteil: „Ich gehe lieber zu Fuß."

Saltius berichtete von seinem Gespräch mit Ermin. Der sah keine unmittelbare Gefahr durch die Söhne des

Herzogs und hatte dessen Entscheidungen gelobt. Trotzdem wollte er mit seinen Männern wachsam bleiben, es war anzunehmen, dass zuerst in Hirsfild nach Wandur und Ulka geforscht würde, von Schwarzfeld wussten die Brüder nichts.

Gernots Abschied rückte näher, er würde mit Saltius zurückreiten. Ulka hätte ich lieber bei mir in Stockhim gehabt, aber ich kann sie getrost hierlassen, dachte er, sie kommt in eine ordentliche Familie und hat mit Yako einen tüchtigen Gefährten. Das sind keine reichen Bauern wie wir, aber sie passen in ihr Dorf und die jungen Leute werden ihren Weg gehen. Ich kann sie auch in Zukunft unterstützen, wenn sie ihr eigenes Haus haben, werde ich ihnen einen Webstuhl schenken.

Mit den Gastgeschenken will ich es aber nicht übertreiben, ich will nicht der reiche Verwandte aus dem Römergebiet sein und den Neid der anderen Bewohner erregen.

Soweit seine Gedanken zu diesem Thema: „Nun müsst ihr aber schnellstens nach Stockhim kommen, deine Mutter will euch sehen", sagte er zu Ulka. Sie sprach kurz mit Yako und wandte sich dann wieder an den Vater: „Wir kommen mit dir als Überraschung für Mutter, was meinst du zu dieser Idee von Yako?" Welch kluges Mädchen sie ist, das war ihre Idee, sie hat es einfach Yako zugeschoben: „Ich freue mich jetzt schon für Mutter, dann wollen wir morgen in der Frühe los reiten."

Yako rannte zu Wandur und fragte, ob er ihm zweihundert Sesterzen leihen könnte, er hatte nur wenig römisches Geld und wollte Ulka im Kastell ein Geschenk kaufen. Wandur lachte und freute sich über Yakos Eifer, man sah, er war glücklich. Das Geld samt Fellbeutel war schnell für ihn bereit und er verabschiedete sich von seinem Freund und von Nelda. Abschied von Yakos Eltern am nächsten Tag, zu der jammernden Balde sagte Ulka: „Ich komme ja schon bald wieder", und sie ritten diesmal auf ihren eigenen Pferden Richtung Sanlot davon.

# 31
## BESUCH IN STOCKHIM

Nun war das mit dem Reiten bei Yako nicht viel besser wie bei Hordula, er quälte sich im Sattel und wäre lieber zu Fuß gelaufen. Ulka war Reiten gewöhnt und saß vorbildlich auf ihrem Pferd, was Yako ärgerte, auch die freundlich, nachsichtigen Blicke von Gernot und Saltius ärgerten ihn, aber zu Fuß hätte er das Tempo der Berittenen nicht halten können. Also, Zähne zusammenbeißen und weiterreiten.

„Beim Kastell können wir nicht einfach durchreiten, ich muss dem Centurio berichten, er ist unser Freund und euch beide wird er auch sehen wollen", sagte Gernot.

Der begrüßte sie freudig, besonders das junge Paar und nachdem der Unteroffizier Bericht erstattet hatte, wurden die Besucher von ihm mit Wein und Gebäck bewirtet.

„Yako war ja schon hier, er ist ein tüchtiger Schwertkämpfer, wie mein Fechtmeister mir berichtet und ich hätte ihn gerne in meiner Centurie angeworben."
„Nein", rief Ulka sofort, ihr Vater und der Centurio

lachten, „oder möchtest du etwa Soldat werden?", was Yako schnellstens verneinte. Er war verlegen und wollte etwas sagen, Ulka war nicht sein Vormund, ihm fiel aber nichts ein.

„Ich freue mich, dass ihr in Schwarzfeld alles regeln konntet, die Chatten dort sind tüchtige Leute und haben in Hirsfild den richtigen Häuptling gewählt. Aus Mogontiacum habe ich beruhigende Nachrichten erhalten. Teile der XXII. Legion sind nach Gallien abmarschiert, von den Söhnen des Herzogs droht keine Gefahr mehr."

Ulka war leicht befangen, den richtigen Häuptling hatte sie nicht haben wollen, dafür war sie mit Yako glücklich. Der Centurio würde das verstehen und damit Schluss mit diesem Thema. Der fragte, ob sie in Schwarzfeld bleiben oder zurück nach Stockhim kommen wollten. Ulka wollte antworten, aber dieses Mal kam Yako ihr zuvor: „Wir bleiben in Schwarzfeld, Ulka ist einverstanden. Ihr Vater auch, nur die Mutter Rida werden wir noch überzeugen müssen, dazu sind wir gekommen. Wir wohnen jetzt bei meinen Eltern. Ich werde ein neues Haus, neben Vaters Langhaus bauen, Messer und Löffel sowie eine Handmühle für den eigenen Hausstand haben wir schon."

Gernot schmunzelte und der Centurio dachte, sieh da, der junge Mann hat seine eigene Meinung und passt zu seiner Gefährtin, herzlichen Glückwunsch Ulka. Yako entschuldigte sich, er wollte seinen Onkel und den Fechtmeister begrüßen. Sein Onkel Belgard ging mit ihm zum Markt und achtete darauf, dass er beim Kauf der wunderschönen Brosche aus Bronze nicht zu viel bezahlen musste. Der Fechtmeister begrüßte ihn mit einem angedeuteten Schwertangriff und fragte: „Wann kommst du zu uns in die Leibwache des Centurios?"

„Ich komme nicht, ich werde Bauer in unserem Dorf zusammen mit meiner Gefährtin", antwortete er. „Ach, so ist das, du darfst nicht", sagte der Fechtmeister lachend. Yako hatte einen Freund im Kastell gewonnen, wenn er auch nicht Soldat sein wollte.

Er meldete sich beim Centurio zurück, glücklich darüber, dass er ein passendes Geschenk für seine geliebte Ulka gefunden hatte. Der Centurio bat weiter um Nachricht aus den Walddörfern bei Aufruhr oder Streitigkeiten und entließ sie mit freundlichem Gruß.

Im Vorbeigehen winkte Rosella ihm von ihrem Verkaufsstand freundlich zu, Yako winkte zurück. Die Pferde waren bei Belgard in guter Obhut gewesen und im Nu für die Weiterreise bereit. Yako überlegte, wo gebe ich Ulka mein Geschenk, am besten doch in Schwarzfeld, aber dann wusste er, so lange würde er es nicht aushalten, er wollte ihr glückliches Gesicht sehen, und er beschloss es ihr am gleichen Abend bei ihren Eltern zu geben.

Sie kamen an der Stelle vorbei, wo der Sohn des Herzogs getötet worden war, sie sagte nichts aber mit Schaudern sah sie die Stelle und dachte an die schrecklichen Augenblicke, als sie hinter dem Busch liegend alles mit ansehen musste.

Ein weites Tal tat sich auf in dessen Mitte Yako ein Dorf sah, etwa so groß wie sein Heimatdorf. „Das ist Vaters Bauernhof", sagte Ulka und Yako, der sowieso nicht so fest im Sattel saß, wäre vor Erstaunen fast vom Pferd gefallen. Der Bauer Gernot, den sie in Schwarzfeld als ihresgleichen behandelt hatten, war in Wahrheit ein großer Herr und Ulka eine reiche Erbin. Er bewunderte sie wegen ihrer Natürlichkeit und hatte jetzt Zweifel, ob er ihr sein bescheidenes Geschenk überhaupt geben sollte.

Hundegekläff und freudige Rufe, man hatte die Ankömmlinge erkannt. Mutter Rida kam aus dem Haus und umarmte Ulka: „Du Schlimme, wo warst du so lange und hast mich allein gelassen?", fragte sie spaßhaft streng. Ulka lacht und zog Yako zu sich her: „Mutter, das ist Yako, wir wollen zusammenbleiben, Vater ist einverstanden, sieh ihn dir an und frage ihn aus, du wirst ihn sicher auch mögen."

Yako war sich da nicht so sicher, Rida kam ihm wie eine strenge Herrin vor, was sie auf ihrem Hof auch war und sein musste. Gernot kümmerte sich weitgehend um die Ernte und die Geschäfte mit den Römern, die Mägde und Knechte auf dem Hof sowie die beiden Söhne brauchten aber auch eine ordnende Hand und dafür war sie zuständig.

Allein ihre Kleidung war für ihn etwas Besonderes, seine Mutter und die Frauen in seinem Dorf hatten so etwas nicht. Sie trug einen dunkelfarbigen Rock und über dem hellen Hemd ein graues Schultertuch, welches auf der Brust von einer goldglänzenden Brosche zusammengehalten wurde. Am Gürtel hing ein Messer, welches wohl weniger als Waffe, sondern als nützliches Werkzeug im Haus benutzt wurde. Als Schmuck trug sie am linken Arm einen Armreif und an beiden Händen einen Ring sowie eine ebenfalls goldglänzende Kette um den Hals. Der an der Kette hängende Ring mit Schriftzeichen war wohl ein Glücksamulett. Viele Frauen in Schwarzfeld liefen barfuß, sie trug Lederschuhe, verziert mit Schleifen auf dem Spann.

Zusammen mit ihrer Körpergröße und dem üppigen zu einem Knoten zusammengebundenen Blondhaar war sie eine imponierende Erscheinung. Sie lächelte Yako freundlich zu, offenbar war ihr erster Eindruck von ihm

211

gut ausgefallen: „Kommt erst mal ins Haus, dann sehen wir weiter."

Das Haus war weitgehend so eingerichtet wie jedes andere Bauernhaus auch, nur die Viehställe waren nicht mit im Wohnbereich angeordnet, sondern lagen in einem separaten Stallgebäude neben dem Wohnhaus. Alles war sauber und wohnlich und aus einem Kessel, der über dem schwach brennenden Feuer hing, schenkte Ulka den durstigen Reisenden einen Becher Kräuteraufguss ein.

Die beiden Brüder von Ulka waren noch nicht erschienen und Yako nutzte die Zeit, solange sie noch mit den Eltern allein waren: „Ich habe ein Geschenk für Ulka, das ich ihr jetzt geben möchte." Ulka kam erstaunt und neugierig näher, er drückte ihr die Brosche in die Hand und wartete unsicher auf ihre Reaktion. Ein glückliches Lächeln strich über ihr Gesicht, sie drückte ihn an sich und sagte: „Du überraschst mich und machst mich glücklich." Sie zeigte die Brosche ihrer Mutter und sagte: „Sie ist wunderschön", was diese bestätigte und eine Last fiel von Yako ab. „Du hast sie doch nicht selbst ausgesucht?", fragte Ulka. „Doch, das habe ich", sagte er stolz.

Ulka streichelte ihm mit beiden Händen über das Gesicht, Mutter und Vater sahen in eine andere Richtung, um Yako nicht noch verlegener zu machen. Die Mutter dachte, Ulka ist verloren oder auch für immer gerettet, Yako ist ihr Liebling, auf den sie so lange gewartet hat. Sie dachte zurück an ihre erste Zeit mit Gernot und an den Zwang, der damals auf ihr lag. Ihr Vater hatte bestimmt und sie musste unter Tränen zu ihm ziehen. Aber im Lauf der Jahre waren sie sich nähergekommen und lebten nun zufrieden zusammen.

Rida wollte alles über seine Familie wissen und Yako gab gerne Auskunft, Ulka mischte sich immer wieder ein, was Gernot lächelnd wahrnahm. Besonders interessiert war Rida als er von der Wildschweinfalle erzählte und als Ulka sagte, dass ihr Vater ein Wildschwein ins Dorf geschleppt hatte, sah sie diesen ungläubig an. „Ja, das stimmt, meine Schulter tut mir jetzt noch weh", sagte Gernot. „O, du Ärmster", kam die Antwort von Rida und Yako merkte, dass die strenge Prüfung seiner Person durch die Mutter nicht weiter stattfinden würde, er war akzeptiert.

Aber noch nicht von Ulkas Brüdern, das sollte er bald feststellen. In dem großen Haus hatten die Eltern, die Brüder und auch Ulka ihre eigenen Schlafräume, in Schwarzfeld schliefen alle in einem Raum. Das war im Winter wichtig wegen der strengen Kälte, gegen die man mit dem Herdfeuer allein nicht ankam. Man suchte dann die gemeinsame Körperwärme und auch die Wärme des Viehs, welches ja im gleichen Raum stand. Ulka richtete in ihrem Raum für Yako eine zweite Schlafstelle ein und müde von ihrer Reise zu Pferd ging man dann auch bald schlafen.

Bei dem Grützefrühstück am nächsten Morgen saßen Ulkas Brüder Dankmar und Frowin dabei, begrüßten Yako auch, würdigten ihn aber sonst keines Blickes. Ulka versuchte sie ins Gespräch zu ziehen, auf ihren Versuch: „Yako und ich wollen zusammenbleiben, er ist gekommen um Vater und Mutter um Zustimmung zu bitten und um euch kennen zu lernen", antworteten sie nur mit einem ungnädigen Brummen. Na, dann nicht, dachte sie und gab weitere Bemühungen auf. Die Brüder waren etwas jünger als Ulka, ihre jugendliche Sturheit oder sollte man es Dummheit nennen, musste man ihnen wohl noch abgewöhnen.

Gernot hatte einen Plan für den Tag bereit: „Heute werden wir meinen Freund den Herzog in Nida besuchen, er will Ulka mit ihrem Gefährten sehen. Wir reiten am besten jetzt los, dann können wir morgen wieder zurück sein", und zu Rida gewandt, „sei aber nicht beunruhigt, wenn wir erst einen Tag später kommen, vielleicht will er uns einen Tag länger dabehalten."

Ein Knecht machte die Pferde bereit, Gernot schnallte das Gastgeschenk für den Herzog am Sattel fest und Yako musste wieder den ungeliebten Reitersitz einnehmen.

Mit den Pferden war der Gutshof des Herzogs in einer halben Tagesreise erreicht. Ulka wollte immer nah bei Yako sein und wäre am liebsten mit ihm auf einem Pferd geritten. Yako ging es genauso, aber er zeigte sein Verlangen nicht. „Meine Brüder sind dumm und stur, du musst dich nicht ärgern", sagte sie. „Mach ich auch nicht, ich habe ja dich hier in der Fremde", sagte er und es sollte wie ein Spaß klingen, was ihm aber nicht ganz gelang, er war von der ablehnenden Haltung der Brüder doch betroffen.

Auf Yako stürmte so viel Neues ein, er war froh, dass er die verständnisvolle Ulka hatte, die ihm über Klippen half. Was erwartete ihn hier noch? Zu Besuch bei einem Herzog, das konnten sich die Bewohner seines Walddorfes nicht vorstellen. Der Gutshof kam in Sicht.

Der Herzog war von den hier ansässigen Chatten gewählt und nichts anderes als ein großer Bauer, etwa so wie Gernot. Sein Bauernhof war sehr viel größer als die Höfe in den armen Walddörfern und nach Art der römischen Landgüter gestaltet. Um die Gebäude war eine Mauer gezogen mit einem Torhaus an einer Schmalseite. Innerhalb der Mauern waren Stallungen, Scheunen, Vorratsschuppen, Wohngebäude für das Gesinde und

Freiflächen für das Vieh angeordnet. Etwa in der Mitte lag das große Wohnhaus des Besitzers und seiner Familie. Wiesen und Felder lagen außerhalb der Mauern.

Ein Wachmann am Torhaus rannte zum Wohnhaus und meldete sie an. Der Herzog kam aus der Haustür und winkte ihnen freundlich zu, Yako hatte trotzdem Herzklopfen. Ulka ahnte das und drückte ihm beruhigend die Hand.

Römischer Sitte gemäß war auf der Schwelle zu seinem Eingang in Mosaiksteinen der Spruch

„HIC HABITAT FELICITAS"

angebracht und Ulka flüsterte Yako: „Hier wohnt das Glück" ins Ohr.

Der Herzog begrüßte sie, bat sie ins Haus und bestellte bei der uns schon bekannten Hausklavin roten Wein für die Besucher, den diese auch sofort brachte. Sie schenkte ein und warf dabei dem Herzog und auch Gernot vertrauliche Blicke zu. Deswegen muss Gernot öfter Besuche bei seinem Freund machen, dachte Yako und Ulka sagte so vor sich hin, keine Sorge Vater ich erzähle Mutter nichts. Gernot brachte die Sprache auf den toten Sohn des Herzogs: „Lieber Freund, wir möchten dir noch unser Mitgefühl ausdrücken, dass du unter so unglücklichen Umständen deinen Sohn verloren hast."

„Das waren schwere Tage und ich war sehr traurig, aber ich habe meine Trauer überwunden. Mein Sohn ist durch eigene Schuld, durch seine Unbesonnenheit ums Leben gekommen. Der junge Mann aus dem Kastell der ihn getötet hat, ist daran nicht schuld, er hat sich nur seines Lebens gewehrt. Deinen Knecht trifft ebenfalls keine Schuld, er hat versucht das Unglück abzuwenden ist aber bei dem ungestümen Norgert zu spät gekommen. Gernot, du solltest ihn aus Hirsfild zurückholen, wenn er wieder zu euch kommen will. Ulka, ich bedaure, dass du das schreckliche Geschehen mit ansehen musstest. Das habe ich alles von dem Centurio erfahren und ich bin froh, dass das Dorfthing in Hirsfild so klug geurteilt hat. Damit soll der Fall für uns erledigt sein", der Herzog wollte unter das unselige Geschehen einen Schlussstrich ziehen und gleichzeitig Ulka zeigen, dass es keinen Grund zu einem Groll gegen sie gab, weil sie seinen Sohn verschmäht hatte.

Gernot ergriff das Wort: „Das ist klug gesprochen, bevor wir jetzt etwas von Yako hören, will ich dir ein kleines Gastgeschenk überreichen", und er packte einen prächtigen Schweineschinken aus, der in Stockhim im Rauch gehängt hatte und überreichte ihn dem Freund. Der stieß einen Jauchzer aus und sagte: „Du weißt was ich mag und überraschst mich immer wieder." Die Haussklavin kam: „In die Küche damit und für jeden von uns eine tüchtige Scheibe abgeschnitten mit einem Brot als Stärkung. Wein nachschenken kannst du auch", befahl er. Diesmal blickte sie im Hinausgehen nur in Gernots Richtung und freute sich offenbar als dieser ihr zulächelte. Auch Sklavinnen brauchen Zuneigung!

Yako hatte erschreckt gehört, dass er jetzt an der Reihe war, was wollten die Herren von ihm, Ulka konnte doch viel besser etwas über ihr neues Zuhause erzählen.

Der Herzog nahm ihm die Entscheidung ab, er fragte ihn: „Wie sieht es aus in eurem Dorf, erzähle uns etwas über dein Elternhaus und wie du mit Ulka zusammenleben willst."

Yako musste erst einmal tief durchatmen, bevor er antworten konnte: „Herr, ich scheue mich nicht hier zu sagen, dass ich mit Ulka das Glück meines Lebens gefunden habe." Überrascht von so viel freier Aussage, sah Ulka ihn an. „Vielleicht muss ich sie auf die eine oder andere Art noch erziehen …", weiter kam er nicht, sie war auf ihn zugesprungen und hielt ihm den Mund zu, gleichzeitig drückte sie ihn zärtlich an sich: „Ich werde dir zeigen wer erzogen werden muss." Allgemeines Gelächter, Yako war verlegen, wie konnte er nur so vorlaut sein?

Die Haussklavin kam mit der Stärkung und alle griffen herzhaft zu. Sie freute sich über die gute Stimmung und fragte: „Warum lachen?", und als der Herzog es ihr erklärte ging sie zu Ulka, strich ihr über das Haar und sagte: „Keine Erziehung, junger Mann vielleicht." „Da hörst du es, mein Yako", sagte sie zu ihm.

Yako hatte eine willkommene Pause durch die Zwischenmahlzeit, aber nach diesem starken Beginn wollten Gernot und der Herzog mehr hören: „Unser Dorf ist klein, gerade Mal so groß wie Gernots Hofgut. Vier Familien leben dort, wir sind von Wald eingeschlossen und haben nicht so große Wiesen und Felder wie hier, Herr. Wir haben auch noch keinen Häuptling, unser Häuptling Ermin hat seinen Hof in Hirsfild, das ist zwei Tagesreisen entfernt.

Ulka und ich wohnen bei meinen Eltern, ich werde aber ein eigenes Langhaus bauen mit eigenen Feldern und mit Vieh. Ich bin Bauer wie mein Vater. Ohne Ulka als meine Gefährtin könnte ich keinen eigenen Hof gründen.

Vater Gernot war bei uns und hat gesehen, wie wir leben. Genug geredet, jetzt muss ich Gernot den Vortritt lassen und bitte ihn weiter zu berichten."

Wieder staunte er über seinen Mut zu solch freier Rede, der Herzog schmunzelte: „Lieber Freund Gernot, bitte berichte uns aus dem Land der Waldchatten", und staunte, wie gescheit sich der Jüngling von dem Redezwang befreit hatte.

Und Gernot begann bereitwillig: „Ich habe große Achtung vor den tüchtigen Menschen, welche dort siedeln. Sie meistern ihr Leben in der kargen Umgebung ausgezeichnet. Der Centurio ist mit mir einer Meinung, dass wir falsch denken über die Stämme, die außerhalb des Römergebietes leben und bemüht sich erfolgreich um gutes Einvernehmen. Er will vor allem keinen kriegerischen Konflikt, denn im Kampf sind die Chatten furchterregende Krieger. Dafür ist unser junger Freund das beste Beispiel, Yako berichte uns von deinen Erlebnissen mit den Hermunduren und den Markos."

Jetzt war er wieder dran und er berichtete in aller Bescheidenheit von den Räubereien und dem Überfall der Hermuden und den Zweikämpfen mit Rotbart und Nagezahn. „Die Geschichte mit der Wildschweinfalle kann Vater Gernot besser erzählen."

Das tat er auch und für Ulka war es eine Freude, dass sie dann erzählen konnte, wie ihr Vater ein Wildschwein ins Dorf geschleppt hatte. Der Herzog und auch Gernot hatten großen Spaß empfunden bei der Unterhaltung mit den jungen Leuten. Man trennte sich, es war Schlafenszeit. Ulka und Yako schliefen in einem Gemeinschaftsraum für Gäste, Gernot wurde ein separates Gemach zugeteilt, er war ein bevorzugter Gast.

„Du hast deine Prüfung vor dem Herzog gut bestanden", sagte Ulka als sie nebeneinander auf ihrem Lager lagen. „Wenn du dabei bist, wird alles gut", entgegnete ihr Gefährte „ob Gernot heute Nacht Gesellschaft bekommt?" „Wir gönnen ihm das", entgegnete die kichernde Ulka.

Am nächsten Morgen trennten sie sich, den Herzog riefen Pflichten nach Mogontiacum zum Statthalter. Er überreichte den jungen Leuten eine zusammengerollte

Leinwand mit den aufgemalten Runenzeichen für alle Buchstaben des lateinischen Alphabets, ein kostbares Geschenk. Als er die Schriftzeichen betrachtete tat sich für Yako eine neue Welt auf, die er kennenlernen wollte. Ulka kannte das lateinische Alphabet und Zeichen für die römischen Zahlen, mehr aber nicht. Auch sie wollte mehr darüber lernen.

Sie dankten und verabschiedeten sich, der Herzog ließ es sich nicht entgehen Ulka noch einmal in die Arme zu nehmen: „Du bekommst einen tüchtigen Gefährten. Ich wünsche euch Glück, besucht mich wenn ihr in Stockhim seid, ihr seid immer willkommen. Meinen Freund Gernot brauche ich nicht aufzufordern, der besucht mich gerne." Ja wir wissen das, dachte Yako.

Gernot zeigte ihnen die Güter des Herzogs, besonders seine Obstbaumwiesen erstaunten Yako. „Kirschen, Birnen gedeihen bei euch in den Bergen nicht, Wein schon gar nicht. Aber ich werde euch einen Setzling für einen Apfelbaum mitgeben, vielleicht gedeiht er in Schwarzfeld."

Spätabends kamen sie in Stockhim an, Rida empfing sie herzlich. Am nächsten Tag wollte Gernot Yako seine Besitzungen rund um den Hof zeigen und nachmittags sollten Ulkas Brüder ihm den Hof selbst zeigen. Die Beiden saßen mit am Herdfeuer und grinsten sich an, sie hatten einen Plan geschmiedet, wie sie dem Bauernlümmel ihren Hof unvergesslich machen wollten.

Das Gut war von beindruckender Größe, Gernot musste sich ja wie ein König vorkommen. Die bäuerlichen Tätigkeiten, die Yakos Vater Rodulf in Schwarzfeld ausübte, waren keine Aufgabe für Gernot. Er musste sehen, dass seine Ernten verkauft wurden und deshalb waren gute Kontakte zu dem Centurio und dem Herzog so wichtig. Yako gingen Pläne für seine und Ulkas Zukunft durch den Kopf, konnte er sich auch einmal so etwas aufbauen? In Schwarzfeld wohl kaum, im Römergebiet ja. Aber Schwarzfeld würde immer außerhalb des Limes bleiben, dafür waren die dort lebenden Chatten zu freiheitsliebend.

Zurück am Hof, lieferte Gernot ihn bei seinen beiden Söhnen ab. Diese zeigten ihm zunächst das Wohnhaus mit ihren Schlafstellen, gingen dann zu den Lagerschuppen und zum Wohnhaus des Gesindes. Auch das war ein Haus von beachtlicher Größe. Dankmar und Frowin antworteten mürrisch auf seine Frage: „Wieviel Knechte und Mägde wohnen hier?" „Wissen wir nicht", und zeigten keinerlei Anzeichen von Freundschaft ihm gegenüber. Yako hatte sein Schwert abgelegt und wunderte sich, dass die Brüder ihre Kurzspeere trugen. Der Weg führte an den Pferdeställen vorbei zu den Rinder- und Schweineställen. Yako verspürte die Spitze eines Speeres dicht an seinem Rücken, achtete aber zunächst nicht weiter darauf, bis er vor sich die Jauchegrube an dem Rinderstall sah.

Der Druck der Speerspitze in seinem Rücken wurde stärker und Dankmar sagte: „Ja genau dort wollen wir hin, Bauernlümmel." Die Grube war mit dicken Brettern abgedeckt und Yako sah dicht vor sich eine Öffnung in der Abdeckung. Augenblicklich wurde er sich der Gefahr bewusst in der er schwebte, die Beiden wollten ihn in die Grube stoßen. Am Rand der Grube, schon halb im Fallen drehte er sich um, packte den nun dicht bei ihm stehenden Frowin an seinem Gewand und schleuderte ihn in Richtung der Grube. Dankmar stach mit dem Speer nach ihm und traf ihn an der Hüfte, während sein Bruder taumelnd in die stinkende Brühe der Grube fiel, konnte Yako sich gerade noch retten und fiel auf die Knie.

Dankmar stieß einen Schreckensschrei aus, ihr Plan Yako zu blamieren und damit vor den Eltern und der Schwester unmöglich zu machen, war kläglich gescheitert. Zwei Knechte kamen angerannt und zogen Frowin, der kurz untergetaucht war, aus der Brühe. „Warte du Hund, wir kriegen dich noch", rief er in Yakos Richtung, der noch halb auf dem Boden lag und seine Hand auf der blutenden Hüfte hielt.

Er erhob sich und taumelte Richtung Haupthaus an dem erschrockenen Dankmar vorbei. Eine Magd brachte ihn zu Ulka, die bei der Mutter saß und vom Besuch beim Herzog erzählte. Eine Schwäche übermannte ihn und er ließ sich auf den Boden sinken: „Deine Brüder", sagte er und die erschrockene Ulka nahm seine Hand von der Hüfte und erkannte die blutende Wunde. Die Mutter ging zu einem Wandschrank, kam mit einem sauberen Stück Leinen und verband die Wunde. Sie befahl der neben ihr stehenden Magd Heilkräuter aus dem Kräuterschrank in der Küche zu holen und presste die Kräuter unter den Verband auf die Wunde.

Das geschah in wenigen Augenblicken und erst jetzt erfasste Ulka die Situation und strich Yako mit zitternden Händen über das Gesicht. Rida befahl der Magd schnellstens Gernot zu holen, die Brüder waren nicht zu sehen.

Yako hatte sich wieder etwas erholt und als Gernot kurze Zeit später kam, berichtete er ihm über das Geschehen. Der schüttelte entsetzt den Kopf, weniger über die Verwundung, das war nur ein stark blutender Riss in der Haut, als über den Schurkenstreich seiner Söhne.

Er ließ sie suchen, sie hatten sich in einem Heuschuppen versteckt. Frowin hatten die Stallknechte mehrere Eimer Wasser über Kopf und Körper geschüttet, er war zwar nass, aber einigermaßen wieder sauber. Gernot wollte nicht vorschnell urteilen und verlangte Auskunft über das Geschehen. „Der Bauernlümmel hat mich in die Jauchegrube gestoßen", sagte Frowin. „Wie konnte es dazu kommen?", fragte der Vater. „Wissen wir auch nicht", war die Antwort, mit der ihr Vater nicht zufrieden war. Er fragte einen der abseitsstehenden Knechte, ob sie etwas gesehen hätten, worauf dieser antwortete: „Ja Herr, deine Söhne gingen hinter dem Fremden her und stachen mit ihren Speeren nach ihm. Der drehte sich um und schleuderte deinen Sohn in die Grube." Ihrem Herrn gegenüber hätten die Knechte nicht gewagt, die Unwahrheit zu sagen.

„Er ist kein Bauernlümmel, sondern der Gefährte eurer Schwester und ein tüchtiger Mann, im Gegensatz zu euch. Was war eure Absicht?" Keine Antwort und wieder die Frage an den Knecht: „Was hatten die Beiden vor?" „Wir wissen es nicht Herr, aber es war dicht vor der Öffnung der Grube und sah so aus, als ob sie den Fremden mit ihren Speeren dort hineinstoßen wollten."

Nun war Gernot klar was geschehen war, er war entsetzt über das Verhalten der Söhne. „Reinige dich, dann geht ihr in eure Schlafkammer, ich werde euch später rufen", sagte er. Er ging zurück ins Haus, die Söhne schlichen davon. „Das wird bitter für die beiden", sagte der Knecht zu seinem Kollegen.

Yako und Ulka waren in ihrer Kammer, sie war sehr traurig über den Schurkenstreich ihrer Brüder. Yako tröstete sie: „Meine Wunde ist nicht schlimm und über deine Brüder hast du schon richtig geurteilt, sie sind dumm, aber mich kümmert es nicht, solange ich dich habe."

Ein Lächeln glitt über ihr Gesicht: „Ich möchte nach Hause", sagte sie. Yako war einen Moment sprachlos, sie hatte nach Hause gesagt und meinte damit Schwarzfeld, das war ein großes Glück für ihn: „Nein", sagte er „wir beide wollen nach Hause, das machen wir gleich morgen, deine Eltern werden es verstehen." „Ja, aber sie werden traurig sein."

„Wir laden sie ein uns zu besuchen, deine Mutter soll dieses Mal mitkommen." Gernot ließ sie rufen. Sie gingen in die Stube wo bereits Dankmar und Frowin mit hängenden Köpfen vor ihren Eltern standen.

Die Mutter sagte: „Kinder, was habt ihr gemacht, ich bin entsetzt." Frowin kniete vor ihr nieder und sagte: „Niemals wollten wir dir weh tun oder dich enttäuschen, wir haben einen schlimmen Fehler gemacht." Er war der Jüngere und sah die Schwere ihrer Verfehlung. Er ging zu Yako und sagte: „Verzeih uns, ich bitte dich und Ulka darum." Dankmar stand zerknirscht vor den Eltern, schließlich ging er auch zu Yako und bat um Verzeihung, was ihm aber sichtlich schwerfiel.

Gernot hatte bisher geschwiegen, an ihm war es die Söhne zu bestrafen: „Ich bin zornig auf euch aber auch traurig, wie konnte das geschehen? Haben wir euch so schlecht erzogen, haben wir euch ein so schlechtes Beispiel gegeben?"

Nun war es um die Haltung der Brüder geschehen, beide brachen in Tränen aus und zeigten tiefe Reue. „Eure Tränen zeigen Mutter und mir, dass ihr eure schändliche Tat bereut, aber ihr werdet eine Strafe erhalten, die euch hoffentlich bessern wird. Ich danke Yako, dass er so besonnen gehandelt hat und noch bei uns ist und nicht auf dem Weg nach Hause. Ihr werdet zu den Knechten ziehen und für einen Mond die Ställe der Rinder und Schweine allein ausmisten. Das wird euch hoffentlich eine Lehre sein. Nach einem Mond werden eure Mutter und ich entscheiden, ob wir eure Bestrafung verlängern müssen oder ob ihr ein Ende verdient."

Das war eine strenge Bestrafung, nicht nur wegen der Arbeit, die sie verrichten mussten, sondern auch, dass sie bei den Knechten leben mussten.

Ulka warf sich vor ihrem Vater auf die Knie: „Vater, Yako und ich verzeihen ihnen, erlasse ihnen die Strafe, es war eine unbedachte Tat." Gernot strich ihr zärtlich über das Haar: „Ich freue mich, dass ihr so denkt, aber die Strafe müssen sie tragen, eine solche Tat dulde ich nicht in meinem Haus." Tränen bei den Bestraften, bei der Mutter und bei Ulka, auch Yako war nicht weit davon entfernt. „Nun geht in eure Kammer und meldet euch morgen in der Frühe bei dem Verwalter", sagte Gernot und die beiden Übeltäter zogen ab.

Seine nächsten Worte galten Yako: „Meine Söhne haben dir übel mitgespielt, ich hoffe, dass das keine Folgen für deine Bindung an Ulka hat. Rida und ich sind sehr traurig, aber wir hoffen, dass die Reue der Beiden ehrlich gemeint ist und die Strafe ihnen eine Lehre sein wird."

„Nichts kann Ulka und mich auseinanderbringen und gegen dich und Rida hege ich keinen Groll", sagte Yako. Ulka umarmte ihn, lehnte den Kopf an seine Schulter, die Tränen flossen weiter.

Gernot war allein, er bestellte den Verwalter und erklärte ihm die Situation: „Meine Söhne haben eine große Dummheit gegen den Gefährten von Ulka begangen", er berichtete von dem Vorfall, der Verwalter wusste bereits davon von den Stallknechten. „Da muss ich dir zustimmen, das war eine große Dummheit, gut dass sie damit keinen Erfolg hatten", sagte er.

Gernot fuhr fort: „Ich werde sie bestrafen und du sollst darauf achten, dass die Strafe streng durchgeführt wird. Sie werden einen Mond lang die Rinder- und Schweineställe allein ausmisten, danach werden wir entscheiden, ob die Strafe damit erledigt ist, oder ob die Zeit verlängert wird. Sie werden während dieser Zeit bei den Knechten wohnen und essen, sollen auch keine Vergünstigungen haben. Morgen in der Frühe melden sie sich bei dir. Die Knechte, welche jetzt diese Arbeit machen, kannst du auf den Feldern einsetzen oder an anderer Stelle, wo sie gebraucht werden. Kannst du das so erledigen?"

„Ja das kann ich. Das ist eine strenge Strafe, ich werde dir berichten, wie sie sich halten." „Und jetzt wollen wir noch ein Glas Wein zusammen trinken, damit die trüben Gedanken verschwinden", sagte Gernot. Rida kam und brachte auf seine Bitte Wein und zwei Becher, wollte aber selbst nichts mittrinken.

Yako und Ulka sprachen am nächsten Morgen mit den Eltern über ihre Abreise. „Ich werde dir Wolle, Garn und Nähnadeln einpacken", sagte Rida zu ihrer Tochter. „Den Webstuhl und den Apfelsetzling schicke ich euch später mit einem Knecht. Der zeigt euch dann auch wie der Webstuhl aufgebaut wird. Für den Transport braucht man ein Packpferd." Gernot hatte die versprochenen Geschenke nicht vergessen.

Hufschläge waren zu hören, ein Reiter kam. Es war Saltius, der Unteroffizier vom Kastell: „Seid gegrüßt, der Centurio schickt mich mit einer Botschaft. Die Grenze ist geschlossen, keiner kann hinüber."

Erschrocken fragte Gernot: „Was ist geschehen, alles war doch ruhig und friedlich auf der anderen Seite?" „Wir haben Nachricht vom Statthalter, dass die Chatten weiter nach Sonnenuntergang hin einen Kriegsherzog wählen

225

und um sicher zu gehen hat er angeordnet, dass alle Grenzübergänge geschlossen werden."

In der Stube wurde beraten, wie es weitergehen sollte und Saltius konnte dazu einen Vorschlag machen: „Ich habe den Auftrag als Späher in das Chattengebiet zu gehen und zu erkunden, wie die Bauern in unserem Gebiet sich verhalten. Mit Häuptling Ermin soll ich sprechen. Der Centurio erlaubt mir also einen Übergang über die Grenze und er wäre einverstanden, wenn ich Ulka und Yako mitnehme. Sonst müssten sie hierbleiben und abwarten was geschieht."

Gernot sah Yako an, die Mutter sah zu Ulka hin, das genügte, um ihnen Gewissheit über deren Absichten zu geben: „Wir gehen mit dir", sagte Yako und Ulka nickte zustimmend. Die Mutter seufzte, Gernot war stolz auf das mutige Paar, mit Zögern und Zagen darf man sein gemeinsames Leben nicht beginnen, dachte er.

„Der Centurio möchte alles hier in seinem Bereich friedlich halten, um den Handel mit den Chatten nicht zu gefährden", sagte Saltius und Gernot dachte genauso. Die in der Nähe des Limes lebenden Chatten trugen zu einem erheblichen Teil zur Versorgung der Römer bei, sie lieferten Schlachtvieh und Getreide. Zum größten Teil lief dieser Handel über Gernots Hof ab, er lieferte weiter an die Römer. Eine Sperrung der Grenzübergänge würde seinen Geschäften schaden.

Saltius war neutral wie ein Germane gekleidet und Yako hatte für sein blutiges und aufgeschlitztes Gewand ein Neues bekommen, die Reise konnte beginnen. Rida ließ sie natürlich nicht ohne einen tüchtigen Mundvorrat ziehen und trennte sich schwer von Ulka, aber auch Yako bekam ihre Zuneigung zu spüren.

## 3 2
# VERBOTENE WEGE

Da der Auftrag des Unteroffiziers geheim bleiben musste, ritten die drei Reisenden zunächst einen großen Umweg Richtung Mittagssonne unter seiner Führung. Ein Übergang an ihrem Kastell, wäre bestimmt an die Chatten verraten worden, es dienten zu viele von ihnen bei den römischen Legionssoldaten und diese hatten alle noch Verbindungen zu ihren Heimatdörfern.

Der Centurio hatte Saltius mit einem Passierschein versehen, welchen er an ihrer Übergangsstelle vorlegen sollte. Mit ihm hatte er seinen besten Mann für diese Aufgabe gewählt, das junge Paar war in guten Händen. Ohne großes Aufsehen verließen sie den Hof und durchritten die weite Ebene.

Am Waldrand angekommen rasteten sie kurz, um ihren Plan für das Weiterkommen zu besprechen. Ulka sah mit Wehmut zurück in den Dunst der Ebene, wo gerade noch ihr heimatlicher Hof sichtbar war. Wann würde sie hier wieder bei den Eltern sein?

Saltius riss sie aus dem Sinnen, Yako hatte die Pferde so angebunden, dass sie fressen konnten sie setzten sich zusammen und Saltius begann: „Wir kommen in zwei Stunden an die Übergangsstelle, welche mir der Hauptmann genannt hat. Dort gibt es einen großen Wachtturm mit lateinisch sprechenden Soldaten, die uns nicht in das dahinter liegende Kastell schicken würden. Sie können unseren Passierschein lesen. Er sagte mir allerdings, besser wäre es, wenn wir ohne den Passierschein durchkommen könnten, sonst bleibt mit einem gesiegelten Schreiben immer der Verdacht, das sind Spione. Wie uns das gelingt, müssen wir sehen, vielleicht können wir sie ablenken, oder sie mit einer von euren Karaffen roten Wein bestechen."

Was den beiden Männern nicht einfiel, kam als Vorschlag von Ulka: „Ich durfte nicht im Römergebiet bleiben, weil ich eine schwere ansteckende Krankheit habe und meine beiden Begleiter sind ebenfalls schon angesteckt. Wir müssen schnellstens ohne Kontakt mit anderen Personen durch die Grenze, sonst drohen uns und allen die uns aufhalten schwere Strafen."

Erstaunt sahen ihre beiden Begleiter sich an: „Das ist weibliche List", sagte Saltius, „sieh dich vor für spätere Zeiten Yako!" Ulka lachte: „Seht doch wie ich krumm auf meinem Pferd sitze, ich bin schwer krank." Erleichtert lachten nun alle drei, aber man soll ja nicht zu früh lachen.

Yako sah Ulka bewundernd an, manchmal zweifelte er an sich selbst, hatte sie mit ihm den richtigen Gefährten für das Leben gewählt? Sie kam ihm klüger und reifer vor als er. Aber solche Gedanken muss man einfach abschütteln, dachte er dann, sie mag mich und ich sie auch, mehr brauchen wir nicht.

Wenn Ulka seine Gedanken geahnt hätte, sie hätte Dummkopf gesagt, wie kannst du nur so etwas denken. Saltius mahnte zum Aufbruch und sie ritten weiter. Der große Wachtturm mit dem weit dahinter liegenden Kastell kam in Sicht. „Hier gibt es keinen geschlossenen Weg zwischen Kastell und Turm, das ist gut für uns, wir müssen nicht durch das Kastell, sondern können direkt zum Turm reiten."

Sie näherten sich dem Turm, Ulka war nervös. Sie beugte sich, krank wie sie war über den Hals ihres Pferdes und stöhnte in Abständen leise. Das Tor am Übergang war geschlossen, drei Soldaten standen davor: „Halt, hier könnt ihr nicht durch, die Grenze ist gesperrt", sagte der Wachhabende.

„Wir müssen das römische Gebiet verlassen, meine Schwester ist krank und hat uns auch schon angesteckt." „Ich habe meine Befehle, hier kommt ihr nicht durch." „Wenn wir nicht schnellstens dieses Gebiet verlassen, werden wir streng bestraft und alle die uns aufhalten auch. Das haben der Herzog von Nida und der Statthalter so befohlen."

„Seht nach, ob die Frau überhaupt krank ist, fasst sie aber nicht an", befahl der Wachhabende. Einer der Soldaten näherte sich Ulka: „Sie sieht sehr krank aus, ist rot im Gesicht und hat Schweißperlen auf der Stirn, Decurio."

Saltius war vom Pferd abgestiegen und wischte ihr mit besorgtem Gesicht über die Stirn: „Lasst uns durch, wir müssen weiter."

„Der Wachhabende befahl seinen Soldaten: „Macht das Tor auf und ihr verschwindet, aber schnell." Das ließen sich unsere tapferen Krieger nicht zweimal sagen, Saltius sprang aufs Pferd, nahm Ulkas Pferd am Zügel und sie folgten Yako durch das Tor. „Liegen bleiben", Saltius war in Sorge, dass sie sich noch verraten könnten. Ulka behielt ihre Lage, bis sie durch den Wald außer Sicht vom Turm kamen.

Sie hielten an und überzeugten sich, dass sie nicht verfolgt wurden. „Wie hast du das mit dem roten Gesicht und den Schweißperlen gemacht?", Yako staunte einmal mehr über seine Ulka. Die Anspannung war von ihr abgefallen, sie konnte wieder lachen: „Als der auf mich zukam, habe ich die Luft angehalten, solange es ging. Davon werde ich puterrot im Gesicht, das weiß ich und die Schweißperlen kamen dann von allein." Yako zog sie aus dem Sattel und umarmte sie stürmisch: „Du Zauberin."

Saltius hätte es gerne genauso gemacht, aber das durfte er nicht. Er klopfte ihr anerkennend auf die Schulter: „Ohne dich hätte ich den Passierschein zeigen müssen und mich als Spion verraten." Sie folgten in sicherem Abstand dem Lauf der Grenze in Richtung Sonnenuntergang. Als die Dämmerung anbrach schlugen sie abseits des Pfades in dichtem Busch ihr Lager auf.

Bei Anbruch der Dunkelheit ging Yako als erster auf Wache am Pfad. Überraschungen durch umherziehende Banden waren möglich, besonders jetzt wo die Limesgrenze geschlossen war. Bauern, die mit ihrem Vieh zu den Römern unterwegs waren und nicht durch die Grenze kamen, wären eine leichte Beute für Räuber gewesen.

Er setzte sich mit seinem Schwert und Kurzspeer hinter einen Baum und lauschte in die Nacht. Stolz strich er mit der Hand über seine Schwertscheide, er hatte die beste Waffe des ganzen Römerreiches. Damit er nicht einschlief, hielt er seinen Speer schräg vor sich mit dem Ende auf dem

Boden. Immer wenn er einschlief, fiel der Speer auf ihn zurück und er wurde wach.

Die Sterne funkelten am Himmel und er dachte, wie unbegreiflich mächtig sind doch unsere Götter, sie herrschen über all diese Pracht. Dass sie dabei noch an uns Menschen denken, ist ein großes Wunder. Am Stand der Sterne konnte er erkennen, dass seine Zeit auf Wache zu Ende war und er ging zurück zum Lagerplatz.

Zuerst sah er Ulka die an dem fast erloschenen Feuer saß, was er dann sah gefiel ihm gar nicht. Sie saß bequem gegen Saltius Schulter gelehnt, der ihr zärtlich über das Blondhaar strich. Ist das meine Gefährtin, dachte er eifersüchtig, oder will sie mich doch nicht? „Du bist dran", sagte er zu Saltius, „keine Bewegungen am Pfad."

Ulka war aufgesprungen, Saltius griff nach seinem Speer und entfernte sich. Sie kam zu ihm, Zorn und Eifersucht quälten ihn: „Habt ihr euch gut unterhalten, was habt ihr für Pläne gemacht? Bin ich noch dein Liebster, oder soll ich mich verabschieden?" Tränen traten ihr in die Augen, wieder die altbekannte Waffe, dachte er, aber damit kam er bei ihr nicht durch: „Du hörst jetzt sofort auf so etwas zu sagen und wer weiß was zu denken. Ich bin deine Liebste und du mein Liebster, zu zweifeln ist nicht erlaubt." Sie umarmte und liebkoste ihn, er war noch so in seinen Gedanken gefangen, dass er einige Zeit brauchte bis er tief ausatmend versuchte seine nutzlosen Gedanken zu verscheuchen.

„Ich saß einfach bequem an seiner Schulter. Was hättest du gemacht, hättest du nicht auch einem schönen Mädchen an deiner Seite übers Haar gestrichen?" Noch einmal tief ausatmen, jetzt hatte er sich wieder gefangen, er lächelte sie an: „Ja, das hätte ich wohl", und erwiderte ihre Liebkosungen.

Eine Lehre blieb für beide aus diesem kleinen Vorfall. Auch ihre große Zuneigung zueinander war nicht selbstverständlich und sie mussten sorgsam damit umgehen. Ulka lächelte glücklich, dieser Dummkopf wusste gar nicht wie lieb sie ihn hatte. Yako dacht ähnlich, nur Dummkopf nannte er sie in Gedanken nicht, das war sie wahrhaftig nicht.

Im Morgengrauen kam Saltius zurück, Ulka und Yako schliefen noch eng umschlungen: „Zum Glück habe ich keine Zwietracht unter den Beiden angerichtet, sie sind wieder einig." Er hatte Yakos Ärger bemerkt, als dieser zum Lagerplatz zurückkam, ich muss mich zurückhalten, wenn sie mir nahe ist. Wieder dachte er daran, wie ihm eine Gefährtin fehlte und gar eine wie Ulka wäre wie ein Geschenk der Götter.

Am nächsten Abend erreichten sie ohne Zwischenfälle Sanlot. Um nicht in tiefer Nacht bei den Eltern anzukommen, übernachteten sie bei Hergurds Eltern in der Scheune. Hergurd kannte Saltius bereits, er erregte kein Aufsehen. Natürlich bewunderte er Ulka und fragte nach Rosella, der Verkäuferin aus dem Kastell. „Sie hat mir zugewunken und ich habe zurück gewunken", konnte Yako ihm berichten „bestimmt hat sie Sehnsucht nach dir." „Das glaube ich auch", sagte Hergurd, „ich will sie bald wieder besuchen, vielleicht nehme ich sie dann mit nach Sanlot." Das wird dir kaum gelingen, dachte Yako, sie ist Sklavin und müsste erst vom Marktmeister freigekauft werden.

Am nächsten Nachmittag sah er nach Tagen in der Fremde den Hof seiner Eltern wieder. Als sie aus dem Wald kamen lag als erstes Helmfrieds Gehöft vor ihnen, laut bellende Hunde meldeten sie an und Hordula kam ihnen entgegengelaufen und begrüßte sie. Um nicht über seine Felder zu reiten, das Korn stand kurz vor der Ernte, ritten sie einen Bogen und schon waren sie am Gehöft der Eltern. Balde kam aus dem Haus gelaufen, Ulka sprang vom Pferd und fing die anstürmende Kleine mit den Armen auf: „Wo wart ihr so lange?" „Ganz weit weg." „Hast du mir was mitgebracht?" „Geheimnis, ich muss in meiner Tasche suchen", die Kleine drückte sie und war glücklich und gespannt. Rodulf und Brigga freuten sich und es gab viel zu erzählen. Ulka war in ihrer Tasche fündig geworden, Balde bekam eine kleine Kutsche, die von einem Ochsen gezogen wurde. Für Sanolf, Yakos Bruder, hatte sie ein Pferd mit einem römischen Krieger darauf. Beides hatte sie aus ihrem eigenen Spielzeug ausgesucht.

Es gab viel zu erzählen, damit verging die Zeit bis zum Abend. Saltius berichtete auch von seinem Auftrag, er wusste, hier war er bei Freunden und brauchte keine Geheimnisse zu haben. Viel Spannung erregte ihr Bericht von ihrem Grenzdurchgang und Ulkas Tat wurde bewundert. Die Bauern in Schwarzfeld wussten noch nicht, dass die Grenze geschlossen war und waren gespannt, was Saltius in Hirsfild erfahren würde. Von der Wahl eines Kriegsherzogs wusste man ebenfalls nichts.

Am nächsten Morgen in aller Frühe ritt Saltius nach Hirsfild. Ulka und Yako hatten wie gewohnt eng aneinander geschmiegt geschlafen, das waren sie jetzt schon so gewöhnt und wollten es nicht mehr vermissen. Aber als Ulka wach wurde war Yako nicht mehr da. Sie eilte zu Brigga: „Er ist schon früh mit seinen beiden Äxten in den Wald", sie zeigte die Richtung mit der Hand. Ulka lief ohne Abschied auf den gezeigten Pfad und sah Yako schon bald.

Er fällte Bäume mit seiner großen Axt: „Was machst du hier?" „Ich fälle Bäume für unser Haus", antwortete er und strahlend fiel Ulka ihm in die Arme. Dann nahm sie die kleinere Axt und begann die bereits gefällten Bäume zu entasten.

Und über ihnen zogen Gänse und Kraniche ihren gewohnten herbstlichen Weg aus dem Nebelheim in das Sonnenland.

-ENDE-

# Literatur

S. Fischer-Fabian, Die ersten Deutschen, Droemersche Verlagsanstalt

GEO Epoche Nr. 34, Die Germanen, Gruner + Jahr

Baatz Herrmann, Die Römer in Hessen, Konrad Theiss Verlag

Elisabeth von Görtz, Schlitz und das Schlitzerland, Verkehrsverein Schlitz

Hans W. Fischer, Götter und Helden Deutsche Buch-Gemeinschaft 1934

Lightning Source UK Ltd.
Milton Keynes UK
UKHW022017240621
386090UK00010BA/338